国家出版基金项目
NATIONAL PUBLICATION FOUNDATION

东北流亡文学史料与研究丛书·作品卷

流亡者之歌

穆木天 著

北方联合出版传媒(集团)股份有限公司
春风文艺出版社
·沈阳·

主　编　张福贵
作品卷主编　滕贞甫

图书在版编目（CIP）数据

流亡者之歌/穆木天著. —沈阳：春风文艺出版
社，2020.5（2022.2重印）
（东北流亡文学史料与研究丛书）
ISBN 978 - 7 - 5313 - 5660 - 8

Ⅰ. ①流… Ⅱ. ①穆… Ⅲ. ①诗集 — 中国 — 现代
Ⅳ. ①I226

中国版本图书馆CIP数据核字（2019）第201539号

北方联合出版传媒（集团）股份有限公司
春风文艺出版社出版发行
http://www.chunfengwenyi.com
沈阳市和平区十一纬路25号　邮编：110003
永清县晔盛亚胶印有限公司印刷

责任编辑：姚宏越　刘 维　　　责任校对：陈 杰
封面设计：马寄萍　　　　　　　幅面尺寸：155mm × 230mm
字　　数：176千字　　　　　　印　　张：12
版　　次：2020年5月第1版　　印　　次：2022年2月第2次
书　　号：ISBN 978-7-5313-5660-8
定　　价：48.00元

目　录

我们要唱新的诗歌①

我们要唱新的诗歌，
歌颂这新的世纪。
朋友们！伟大的新世纪，
现在已经开始。

我们不凭吊历史的残骸，
因为那已成为过去。
我们要捉住现实，
歌唱新世纪的意识。

"一·二八"的血未干，
热河的炮火已经烛天。
黄浦江上停着帝国主义军舰；
吴淞口外花旗、太阳旗在飘翻。

千斤寨的数万矿工被活埋，
但是抗日义勇军不顾压迫。
工人农人是越发地受剥削，

_____

① 这是作者为中国诗歌会会刊《新诗歌》写的发刊诗。

但是他们反帝热情也越发高涨。

压迫、剥削、帝国主义的屠杀，
反帝、抗日，那一切民众的高涨情绪，
我们要歌唱这种矛盾和它的意义，
从这种矛盾中去创造伟大的世纪。

我们要用俗言俚语，
把这种矛盾写成民谣、小调、鼓词、儿歌，
我们要使我们的诗歌成为大众歌调，
我们自己也成为大众中的一个。

我们唱新的诗歌吧，
歌颂这伟大的世纪。
朋友们！我们一齐舞蹈歌唱吧，
这伟大的世纪的开始。

一九三二年

扫 射

这是一九三二年的夏天，
那些天真的民众受了帝国主义的扫射，
他们就了他们所预想不到的死，
在那青青的山坡之傍，阳光辉耀之下。

那些人有的是小贩子，有的是小商人，
有的是手艺人，但是大多数是佃农和雇农。
数目有人说是三千，有人说是五千，
可是堆在山坡之傍的尸骸是谁都不能数清。

说起来是这么样的一回事情，
从"九一八"以来帝国主义越发来压迫中国民众，
他们派来数十万大兵在我们东北大野横行，
唐克①车，铁甲车到处飞跑，大炮炸弹到处轰杀我们的民众。

豪绅地主投了降，军阀政客不去抵抗，
一块丰饶的大野和数百万的民众白白做了牺牲，
农村破产，水灾，饥馑，失业，接二连三地跑了出来，

---

① 唐克，即坦克。

真是弄得那饿殍遍野，哀鸿载道，民不聊生。

俗语说得好，官逼民反，兔子急了还咬人，
重重的压迫和剥削一下子弄出来了义勇军，
说起义勇军来那真是神通广大，
一个人，两个人，转瞬间就是好几万人。

帝国主义者们说那些义勇军都是"土匪"，
不是的，那些义勇军都是善良的百姓，勤苦的农民，
受压迫受得不堪他们才武装自卫，
他们要打倒帝国主义，所以帝国主义给他们加上"土匪"的罪名。

那些义勇军南征北战，东打西杀，
日本帝国主义的军队被他们弄得是头乱如麻，
这一天的上午他们曾经退出了这个村庄，
他们曾经占据了七八整天，使日本军队出了好多死伤。

自然是因为日本帝国主义有毒辣的武器，
所以义勇军为战略的关系从那个村子里退去。
在村子里驻防自然要受当地的民众的欢迎，
可是因为庄稼种在地里，民众是不能同他们退去。

闲言少叙，待我把正传来说，
且听我说吧，帝国主义是为什么是如何地把他们扫射，
说起帝国主义来真是心里藏刀，手段毒辣，
那些民众受了扫射还不知是为的什么。

义勇军退去了，一队日本兵开进了村庄，

一个军官领着，真是神气极了，仪表堂皇。

他们全副武装，还带着大炮和机关枪，

一！二！三！一！二！三！地走进来，真是得意扬扬。

民众虽然是欢迎义勇军，

但看见帝国主义军队也是不敢出声。

那些善良农民只知道谁做皇帝给谁纳晋，

他们哪知道帝国主义是来吸他们血抽他们筋。

日本军官一进村庄满面笑嘻嘻，

他召集当地的民众要做一个训辞，

那些个慈良的民众哪个敢不来，

于是那些老老幼幼，男男女女，团团围坐地聚在一起。

当然是有的抽着黄烟，有的抱着孩子，

有的光脚露胸，戴着草帽，有的穿着长衣，

他们聚在那里，规规矩矩，一言不发，

静静地等着那位日本将军说那种结结巴巴的半中国话。

那位将官说出来："我们都是同种同文。"

随后他又说出来："我们日满是一家人。"

他过了会儿又说："你们那些良民，要接受大日本帝国的皇恩。"

最后又说："我们要给你们照相证明你们不通匪都是好人。"

张三听见笑嘻嘻，对王五说："这真不难。"

李四回头对赵六说："下次别的日本人来我们可再不会受欺。"

老太太对小媳妇说："日本人还是讲理。"

张大娘对李二嫂说："这个年月，我们这样也算有福气。"

忽然发出了一声"排好"的口令，
男男女女都争先恐后地往前拥挤，
有的跷着脚用力地探起头来，
但日本兵打着骂着不多时就给排得整整齐齐。

大家聚精会神地在那里等着拍照，
这时一个日本兵把放置好的相机的镜头摇了一摇，
照了第一片他说："等等！再照第二片！"
可是在这时机关枪就啪啪地响起来了。

有的人听见机关枪声还有点莫名其妙，
有的地方发出喊叫声如鬼哭狼嚎，
又像有的地方发出来"为什么没当义勇军去"的叹息，
又像有的地方发出来"为什么没有同日本人拼一下"的喊叫。

忽然间机关枪的声音停住了，
三五千的民众一起在地上仆倒，
日本军队把尸首用照相机照了下去，
随后倒上了煤油，放了火给他一烧。

第二天满洲，朝鲜各报纸登出来一个很长的新闻，
说："皇军大败义勇军，毙匪五六千人。"
可是屠杀善良的百姓的事实终被世界大众知晓，
这种消息从一个村庄传到一个村庄，从一个苦人传到一个苦人。

这一种消息更加强了反日义勇军，
这一种消息更增加了大众对帝国主义的仇恨，

因为每个农民每个工人都有同样被扫射的命运，
只有为那些被屠杀的报仇才能把那种运命刈草除根。

这是一九三二年的夏天，
那些天真的民众受了帝国主义的扫射，
他们就了他们所梦想不到的死，
在那青青的山坡之傍，阳光辉耀之下。

一九三三年二月二十三日

在哈拉巴岭上

现在夜里，那苍郁的古木上，只是压着黑暗的重云，
只是像山鸣谷应地鬼哭狼嗥，而很难瞅见有一个行人，
虽然有看路的日军，三三五五地，在那里巡视新修的铁路，
可是那依稀的灯光，那荡动的人影，越是显出那种阴暗、深沉。
在那黑沉沉的暗夜里，那峻岭的古木之上，只是压着沉云。

先年，恐怕十年前也是这样，这座峻岭上充满着虎豹豺狼，
使这座峻岭成了"一夫当关，万夫难过"的天险，
那种巍巍的崇高，那种深郁的古木的苍翠，使人见而生畏，
那在群山拱抱之中，高高挺起身子，好如东方的堡垒，
那边的是延边，这边的是敦化，他给隔开，像谁都不管谁。

那边是广泛地移植过来好多的韩民，到处人烟繁密，
这边大部分是荒地，狩猎的狩猎，挖参的挖参，地大人稀，
那边是有暴动，有叛乱，有日警的严峻的侦视，有拼死命的决斗，
这边是有一座小城，一道窄江，和些个没有人径的空旷山林，
这边是些原始居民，也有一些狡猾的商人，可是同样日趋贫困。

昔日里，威虎岭上老虎在咆哮，可是现在老虎已鼠窜而逃，
那威虎岭满布着松林，是由省城入敦化的必经大道，

可是现在通过了火车，火车头吼吼地叫着，应和着轮声辚辚，
人们说火车头是老虎的爸爸，也许老虎认为那是天神，
火车开通赶走老虎，可是民众也日日在被吸血抽筋。

那里的崇高的树木，直直地矗天，有五六尺的直径，
牡丹江带绕着敦化，江边有敖东古城的遗址，
那里有笔直的黄花松，有沙松，有果松，一望无边，
那里有黑黝黝的煤块，有鹿茸，有千年万年的山参，
可是这种天然的宝藏不能救贫，反倒加速他们的破产。

现在呀，更是一年不如一年，在那里布满了阴沉的黑暗，
吉会路穿过了哈拉巴岭，如同是长剑穿过了他们的心脏，
长蛇一般的火车奔驰地跑过，越发地，越发地，深化了他们的瘦黄，
那带走了他们的血液，却带来要屠杀他们的炸弹，大炮，刀枪，
以先，他们只是挨饿受冻，现在呀，他们是日日在受杀伤。

现在呀，飞机，炸弹，天天在他们头上轰炸，机关枪在扫射，
大炮在雷鸣，铁甲车，唐克车，在冰天雪地的道上奔驰，
莽莽的大野溅了他们的赤血，森林、山谷，处处见到他们的
死尸，
已经快三年了，"九一八"的事变，可是这三年来，他们在处处
血战，
这三年来，田园荒芜，农村破产，可是那却使他们血染了这山林
野原。

哈拉巴岭！啊！巍巍乎的高山！啊！哈拉巴岭！你知道他们南征
北战，
你知道吧，他们在炸桥梁，争车站，与敌人拼命肉搏，

你知道吧，禾生垄亩，无人收割，他们一边在挨饿，一边在斗争，

哈拉巴岭！你知道为那条铁路杀了多少生命，无辜的生命，

啊！哈拉巴岭下像流着一条血河，哈拉巴岭上是密布着的云层。

说这话是一九三一年，是在冬天，离"九一八"没有好久。

在密密的林中，聚着好些好汉，是在哈拉巴岭的山腹，

有矮子王三，有大个儿李九，有小学教员张奉，还有别的朋友，

他们有的是农民，有的是猎户，有的当过路工，有的干过巡警，

他们持着枪，拿着棒，他们成群聚在那里，坐着，躺着，计议。

天上望不见明月，也望不见点点疏星，四外是一片黑幕蒙蒙，

四外听不见别的响动，听不见有飞禽走兽，只有风声树声，

他们围着他们的孔明灯，团团地围住，讲了现在，讲了当初，

他们以先都是良民，也曾想过安分做人，谁做皇帝给谁纳晋，

可是，现在呀现在，他们聚在这里，图谋不轨，想着冒险的事情。

"省城传出来消息，说日本要强迫地修吉会铁路。"李九说起，

"我做过多少年的路工，知道这种事体，测量员不久快到这里，

"铁路上的人告诉我的，说快要来啦，到时再告诉我们消息。"

"真吗？真吗？"别的人说，"若是真，就给他拼个你死我活。"

"好，好，"李九说，"这是我们的地方，我们不许他们把铁路修在这儿。"

矮子王三开言问道："李九，且听我说，现在有没有新闻？"

"有的，大老徐①天天同熙洽吵架，熙洽又讨了两个日本女人，

---

① 大老徐，吉林土娼，风骚有术，被汉奸熙洽讨为姨太太。——作者原注。

"前几天，义勇军攻打长春县，在那里杀死了好几百敌人，

"洋学生被'满洲国'捉去了六七十个，切了脖子，悬首四门，

"走路的个个都要受盘问，稍不留意，就被捉去，说是歹人。"

"我还听说半月前义勇军破了双阳，又到了省城的还骑岭上，

"大老徐害了怕，熙洽也着了慌。"说这话是张奉，把个个人脸面端详，

"我知道是怎样失的锦州，怎么失的沈阳，那全都是不抵抗，

"听说镇静的镇静，跳舞的跳舞，叫士兵服从，一晚送了无数人命，

"熙洽呢，他是多门①的学生，一迎，二迎，三迎，亲自到了土门岭。

"你们还记得吧，是九月十九，省城挂了日本旗子，日本兵进了城，

"大老徐急得心惊意乱，因为那两个日本女人长得真行，

"那天满街贴着安民的告示，不许人撕，撕就要割脖子②，

"满城中作着军乐，日军把着入门，飞机嗒嗒飞着，撒着传单标语，

"记得吧，那是九月十九，那时，我们是有名有实地做了奴隶！

"那两三天中，日本帝国占了沈阳、辽阳、吉林、长春，

"占了营口、牛庄、沟帮子，听说打营口只有二十个人，

"他们进了锦州，是开着正步，叫着：'一！二！一！二！……'

---

① 多门，即多门二郎。九一八事变中任日本陆军第二师团师团长。熙洽在日本陆军士官学校留学时，多门是该校的区队长。

② 据说，爱国的民众被处刑时，不枪毙，不砍头，而是用刀割脖子，惨状令人不忍目睹。——作者原注。

"他们一直赶到山海关，在北边，同时也进了宁古塔，占了卜奎，

"记得吧，那是九月十九，那时，我们成了明显的戴着铁链的奴隶！"

"从那时我们这块土地就处处受扫射，处处有人被割脖子，

"我的弟弟被砍死了，我的母亲哭死，李九呀，你那里是不是也是如此？"

"朋友，你说得是，我那里也一个样子，我那哥哥，你知道，是为人耿直，

"他恨那日本当铺，日本药房，说那儿卖吗啡，贩军火，所以也遭横死，

"朋友呀！那也是九月十九，从那天起，我们这儿不知出来多少惨事。"

"那是九月十九，那是九月十九，"各个人心里都重念，"那是九月十九！"

风仍在那里吹，树木仍在那里响，各人心中流泪，泪流在各人脸上。

风又似发狂，树又在越发振响，好像都在说："那是九月十九！"

阴云沉沉要坠，好像要压住这座东方堡垒，似有新鬼旧鬼，

包围着这座山林，好像又有虎狼在啸，都在说："那是九月十九！"

可是寂静终被打破，在流泪里，又有什么人在开始说出如下话语：

"我们家破人亡，流落在这个山沟，你们哪知道'新京'①里，

"有人在出风头，在运动做官，听说宣统快要登基坐了金銮，

---

① "新京"，指长春市，伪满洲国曾建"都"于此。

"荣三①还是有钱，熙洽越发有势，我们县里的大绅，都搬到城里，

"剩下的只是我们，我们无财无势，地又不能耕种，才做了亡国奴隶！"

"我们虽然贫穷，我们还有热血，我们这个岭上不许他们修铁路，"

这又是一个人，怒愤愤地在说，"反正是武大郎服毒②，什么都得舍出！"

说着他又流泪，流过泪他又说，他说出多么厉害是那条铁路，

他说那条铁路如何快地载来敌人的枪械子弹来杀中国民众，

"反正是一个死，我们且拼一拼命！"他说，泪流着，最后不能成声。

忽然间，大家像是兴奋，说"不准他们铁路过此"。于是，做了决议：

大家把守这座哈拉巴岭，用各种方法，不叫铁路修成。

他们到农村找失业朋友，到城里去找贫穷的弟兄，

人越来越多，足有二三百个，来了好多学生教员，更有打枪老手，

他们在省城安好探子，各处埋伏，各处扰乱，想阻止吉会铁路。

那天从岭上过来一群人马，是一些朝鲜人，来自所谓的"间岛"③，

① 荣三，即荣厚，旧吉林省财政厅厅长，在伪满洲国财政界任要职，原为清朝贵族，行三，故有此诨名。——作者原注。

② 土谚，武大郎服毒，吃也死不吃也死。——作者原注。

③ 间岛，现为吉林省延边朝鲜族自治州地区。

那是朝鲜义军，是被压迫的民众，家属也同样地遭过屠杀，

他们拿洋炮快枪，有的拿着棒，他们要过岭来破坏吉敦铁道，

他们深深感到，日本占了东北，也是给他们朝鲜人多加一道链条，

他们要响应，响应中国义勇军，共同联合起来被压迫的民众。

他们过岭，是在那天清早，在东方，还没有太阳的辉耀，

巡哨的看见赶快回来报告，因还有两个日本人同他们一道，

"不好了！不好了！诸位弟兄！诸位弟兄！小鬼子发来了大兵！

"快醒醒！快醒醒！"这令大家吃了一惊，睁开了惺忪睡眼，

端好了枪，捉住了棒子，扬着大刀，大家镇静着预备去冲。

这才是"大水冲了龙王庙，自家人不认识自家人"。

幸而，那些朝鲜的朋友还手疾眼快，没有慌神。

出来一个人作了一个反揖①，慢慢地说出了如下的话语，

"诸位弟兄，有所不知，兄弟有礼，我们是从珲春偷着来的，

"我们是朝鲜人，这两个日本人也是反帝的，都是朋友，一个样的。

"你们在这里遭屠杀，我们也是同样，你们都想不出那种惨状，

"多少人被杀死，多少人被烧死，告诉你们你们都不信那种情况，

"说又有什么用，要的是大家抗抵，向着帝国主义大杀一场，

"我们是一家人，我们都亡了国，现在只有我们大家要强，

"这两位日本朋友也许有话要说，诸位朋友！要不要他们说个端详?"

大学生李凤舞和聪明的张奉，止住了众人，叫众人放下枪口，

---

① 土匪用的敬礼，作揖时，手向相反的方向，即左边拜。——作者原注。

这时，两个日本人，从头到尾，到尾从头，说了过去，说了过来。

他们说"九一八"是怎样地是种必然，日本民众生活也是如何凄惨。

这种结结巴巴的，半通不通的话语，听见了，众人都默默无言，

大家都心里明白了是怎么回事，于是他们结合成了大的集团。

于是他们在满洲大野上北战南征，到处去敢死拼命，

从各处取得联络，炸铁桥，烧煤矿，打破了多少的大小县城，

在山野上溅着他们的血和敌人的血，使敌人惊魂失魄，

但是，他们永不忘这座峻岭，不叫敌人的火车在那里通过，

几次，武装的测量员尸骨无存地失踪，据说就是他们的工作。

可是，现在呀现在，铁道已经开通，帝国主义的火车，已从那里运兵，

现在，那里已有日本军队守卫，那里，夜里也有些暗淡的路灯。

现在，火车如长蛇般地吼吼地叫着，穿了过来，穿了过去，

然而，那里仍是布着恐怖，那使帝国主义军队胆怯地走来走去。

今天听见炸桥梁，明天说烧车站，有一次火车出轨，死了无数的敌兵。

现在，夜里，在那苍郁的古木上，只是压着黑暗的重云，

那里啊，重云像是越发阴沉，哈拉巴岭像是要把故事告诉给人，

哈拉巴岭像在点着火，面露着狞恶，那令护路的日军个个都慌神。

那依稀的灯光，荡动的人影！铁路像是血河，鲜血淋淋！

在满洲的大野上，民众在流着血，在抗争，

在那岭上是密布着的重云。

一九三三年十二月

守 堤 者

啊！是有多少男人！是有多少女人！
那天，被扫射在帝国主义机关枪下！
是有多少的白发老人望着儿女！
是有多少孩子眼望着爹爹妈妈！
狂叫着：守堤！守堤！哀呼着！狂叫着！
在鞭一般的枪声中，一个一个倒下！

现在，在那里，是已没有了他们的只影！
现在，那座堤是已经被那些人铲平！
是有多少人在那里流了鲜血！可是，
现在啊！人们已经忘了他们的数目和姓名！
狂叫着：守堤！守堤！哀叫着！狂呼着！
他们的声音，现在已湮没入草色青青！

满目是青葱的稻波，一片一片！
他们的房子里已不是冒他们的炊烟！
他们的祖坟已变成了人家的牧场！
他们的骸骨已成灰灌溉人家的稻秧！
狂叫着：守堤！守堤！哀呼着！狂叫着！
他们的狂喊，现已湮没入稻浪茵茵。

也许还有他们的记忆，他们的面容，
存留在一些邻近村庄的顺民的心中！
也许是那些鲜民和那些扫射的士兵，
还在记着他们的反帝抗日的英勇！
狂叫着：守堤！守堤！哀叫着！狂呼着！
现在，只有在夜风中渡着他们的幽灵！

啊！是有多少老人！啊！是有多少孩提！
用他们的鲜血，灌溉了那座河堤！
在那个两河交流的富饶的田野里，
是有多少人死灭于帝国主义的铁蹄！
狂叫着：守堤！守堤！虽没有多少人记忆！
现在我仿佛听见他们的哀叫声息！

东北！东北！伟大的名字！伟大的名字！
满目的农田啊，你永远萦回在我的记忆。
那些崇高的山岭！那些庞大的森林！
那一片黝黑的煤田！是永住在我的心里！
我的憧憬是向着你，永远是向着你，
可是，现在呀，你成了一块血染的大地！

帝国主义的侵凌，苛捐，杂税，农村破产，
海龙英，马贼政策，你被剥削已过十年！
"九一八"！"九一八"！屠杀了你无数的农民，
铁鸟在你的农村上天天吐下了炸弹，
被焚烧，被血洗，被扫射，是有多少的村庄，
不只种地没饭吃，现在是有地都不得种！

说这话还是在不久的以前，在唐马寨，
那是浑河与太子河的交流之处，
在那里散在着好些农村，好些农家，
那些农民也曾有过温饱，乐业安居，
他们春耕，夏耘，秋收，保护着他们的河堤，
可是，那河堤成了唐马寨农民血染之地。

说这话是在今年的春夏之交，
在一天春光明媚中农民们受了扫射。
派来了一些日本浪人，到了太子河西岸，
开了一个稻田公司，租了良田百垧，
帝国主义派来了好些人来掘堤引水。
可是，那样一来，那些大田就要遭到水害。

农民虽是顺民，可是终不愿意挨饿，
军阀的剥削之后，又来了帝国主义压迫，
这几年来已经早晨不知道晚上，
看见了掘堤，他们哪能不个个急眼。
因为那一条河堤是他们的命之所系，
于是乎他们联合起来想法制止。

他们请愿，他们哀求，可是日本浪人，
哪管这一套，黄鼠狼是不听小鸡唱曲。
那些顺民，是连义勇军都不敢去当，
可是，现在，他们不得不起来抵抗。
那一条河堤就是他们的老命，
为的那一条堤他们就起来抗衡。

张家出来三哥李家出来四嫂，
男的女的，老的少的，都一起赶到。
大家出来，要拿出来老命拼干，
集了四五千人连忙向河堤上飞跑。
他们住在堤上，吃在堤上，保护着河堤，
还希望同帝国主义说个分晓。

可是奴隶的话是没人听的，
死就死，活就活，谁管奴隶有命没命。
对奴隶哪里不是用火烧，用刀砍，
谁管他们老的在哭，小的在叫。
"冲你们的地是活该，只要我们种稻子发财。"
帝国主义者叫他们从堤上滚开。

守堤呀！守堤！他们在堤上呐喊！
他们日夜地不睡觉住在堤上！
那些日本的流氓，说他们造反，
打发人到辽阳去请兵告急。
来了一队大兵，携带着机关枪，
向着堤上的农民啪啪地扫射。

守堤呀守堤！狂叫着，老的少的，狂叫着。
机关枪啪啪地响着，血肉四散地飞溅着。
守堤呀守堤，狂叫着，有人说：冲上前去！
机关枪鞭一般地扫射着，人体倒得遍地。
那些朴素的农民，那四五千的农民，
守堤！守堤！狂叫着，血染了那座河堤。

啊！太子河边！啊！太子河和浑河的交流之处！
你们是不是为帝国主义的凶暴而战栗！
啊！东北大野！你的上边踏遍了帝国的铁蹄！
义勇军和民众的血，是洒满你的山原和平地！
我憧憬着你，我的憧憬永远向着你，可是，
东北的大野呀！现在，你是一块血染的大地！

岂止这唐马寨的悲剧，那是常事！
本溪湖，依兰，有名的和无名的处所，
哪里没有流血，哪里没有屠杀，
哪里不是饿的饿，死的死，被扫射的在被扫射！
唐马寨的民众呀！被扫射的民众呀！
我听见了你们的呐喊，看见了那道血河！

到处在同死搏斗，在那东北大野之上，
可是现在又要设关和通邮通车，
中原的人们大部分怕把你们都忘却了。
恐怕得自己干啦，到处去同死肉搏！
狂叫着：守堤！守堤！哀叫着！狂呼着！
那种呐喊呀，是要变成白刃相交的肉搏。

东北，东北，伟大的名字！伟大的名字！
你是我的摇篮呀！我在憧憬着你！
你那里，是血洗了的山原，血洗了的平地！
反帝的鲜血装饰了你那锦绣的大地！
抗日的血呀，我要看你将来绚烂地开花，
布满了我们的东北，东北，伟大的名字！

啊！是有多少男人，是有多少女人啊！
啊！是有多少老人，是有多少小人啊！
在那里守堤！在那里守堤，预备肉搏！
个个要做守堤的人呀！个个要做守堤的人！
狂叫着：守堤！守堤！哀呼着！狂叫着！
向上肉搏，不然就是要受帝国主义扫射！

一九三四年六月二十二日，夜

两个巨人的死

去年死了亨利①，
今年又死了玛克辛②，
在全世界六分之一的地上，
紧挨着，失掉了两个巨人。

巴比塞，高尔基！
在黎明前，
在黑暗的包围里，
这两个人类的导师，
这两个心灵的引领者，
在大众的痛苦中，
你们死去了！

人间地狱的《种种事实》，
残酷屠杀的《意大利的故事》，
摧残人类的种种的兽行，
被这两个巨人给暴露出来了。
高尔基，巴比塞！

① 亨利，即亨利·巴比塞（1873—1935），法国作家。
② 玛克辛，即玛克西姆·高尔基（1868—1936），苏联作家。

在满洲，

在阿比西尼亚①，

在巴拉斯坦②，

到处是人类的兽行，

到处是屠杀是地狱，

在大众的苦痛中，

你们死去了！

高尔基，你的生活同你的名字一样，

真是名副其实的苦痛——高尔基。

你从《深渊里》渡出了你的《童年》，

你经过了《人间世》，《遍历了俄罗斯》，

看过了那《四十年间》，目睹了旧时代的《没落》，

而那是你，那是你，

写出来那些《意大利的故事》。

而你呀，巴比塞！你呀，亨利！

你为祖国浴过枪林弹雨，

那是何等为人类的自由平等的动机！

你看见过《地狱》，你到过《火线下》，

你达到了《光明》，你认识了人类的《铁链子》，

而那是你，那是你，

写出来那些残暴的《种种事实》。

玛克辛！亨利！

那个残暴的国土，

---

① 阿比西尼亚，即埃塞俄比亚。

② 巴拉斯坦，即巴勒斯坦。

那些残暴的狼群，
是被你们给照耀出来了。
可是，现在，在内蒙古，
在满洲，在到处，
是有更多的《种种事实》，
更多的《意大利的故事》。
而现在，你们死去了！

你们从《深渊里》出来，从《火线下》出来，
你们的路径，现在有好些人在走着，
像你们似的，传达出被虐待者的声音，
那些个人，普遍在全世界，
要传播开那些更多的《种种事实》，
和那些更多的《意大利的故事》。
你们的从《深渊里》的教训，在《火线下》的教训，
是要被众多的人传遍到全世界，
在大众的苦痛中，
那才是真正的你们的遗产。

你们的死后的哀荣，
那或者是算不了什么，
你们的生前所受的种种欢迎，
那或者也算不了什么，
亨利，玛克辛，
你们的伟大就是你们的人生的历程，
就是那些个《种种事实》，那些个《意大利的故事》。

在黎明前，

在黑暗的包围中，

这两个伟大的巨人死去了，

在满洲，

在阿比西尼亚，

《意大利的故事》和《种种事实》，

是越发地显著了。

他们留下了伟大的遗训。

这一个人的死令人忆起那个人的死，

玛克辛呀！亨利呀！

两个巨人的死！

从《深渊里》出来的巨人，

从《火线下》跑出来的巨人，

这两个巨人死去了，

给人类留下那伟大的遗训。

一九三六年七月二日

我们的诗

小市民的悲哀呀，
都市生活者的虚无，
公式主义的幻影呀，
我们同现实缺少接触。

像是捉住了现实的形象，
却变成了蜃楼的影子；
像是扬起了歌喉，
却又失掉了歌唱的气力。

抛弃，抛弃，
那形式主义的空虚，
唤起来吧，
强大的民族的气息。

我们应是全民族的回声，
洪亮的歌声要震动禹域，
全民族的危亡的形象，
要——在我们心中唤起。

我们的诗，要颜色浓厚，
是庞大的民族生活的图画，
我们的诗，要声音宏壮，
是民族的憎恨和民族的欢喜。

抛弃，抛弃，
那形式主义的空虚，
唤起来吧，
火热的民族的意志。

一切的帝国主义，退去吧！
一切的民族叛徒，退去吧！
我们的诗，要是一支降妖剑，
有他的强烈的光芒和声息。

一切的形式的束缚，退去吧！
我们的诗，要是浪漫的，自由的！
要是民族的乐府，大众的歌谣；
奔放的民族热情，自由的民族史诗。

抛弃，抛弃，
那形式主义的空虚，
唤起来吧，
敌忾的民族的现实。

一九三六年七月二十八日

歌唱呀，我们那里有血淋淋的现实

何必到内地贪图流亡，
东北是我们的故乡，
现实，在那里招呼着：
来吧，去杀敌共赴疆场！

故乡是永远不要同我别离，
它要求着我们的钢铁的力量，
我们的心，要是一颗炸弹，
要裂炸在那个荒凉的原里！

多少人是值得我们记忆，
多少荒原，多少人没有衣食，
多少人遭屠杀，多少人孤寡，
何必专专记着母亲和兄弟。

松花江上的风景是美丽的，
而大盗的横行，并不自"九一八"开始，
不要忘了母狗屯的军阀，
不要忘了过去农村破产的悲剧。

霹雳一声是"九一八"，
在光明中横行着敌人的铁蹄，
但是，那只是把奴隶的铁链加紧了，
老早，老早，炸弹就埋在我们的田里。

过去是多少多少吸血的机器，
不用刀地，要把我们活活杀死。
敌人不是天降的恶魔，
是恶的社会制度，是帝国主义！

故乡的现实，是超过了我们的想象，
朋友们是时常地给我们传来一些消息。
要歌唱出我们的故乡的血淋淋的形象，
不要观念地去激刺异国情调的欢喜！

故乡是在招呼着我们呀：
来呀，赴疆场去杀敌！
抛弃呀，电光棒，五花筒，流亡者的花枪！
歌唱呀，我们那里有血淋淋的现实！

一九三六年九月二十三日

七月的风吹着

在满洲，
在松林里，
在原野里，
在高粱地里，
也许大众都听见了您死的凶耗，
在那里，
也许大家互相在说：
在地球六分之一的地方，
伟大的高尔基死了！

七月的风吹着，
高粱的叶子摇动着，
民众们，武装着，
在纪念着您的名字。

在辽河的岸上，
在松花江的岸上，
在黑龙江的岸上，
在长白山，
在老爷岭，

在一切的山林大野里，
也许都震响着您的名字；
在那里，
也许大家互相说：
伟大的高尔基死了，
作为我们的哀悼的，
就是我们的铁一般的意志。

七月的风吹着，
吹打着高粱的叶子，
民众们用行动，
在纪念你的名字。

在敦化，
在宁古塔，
在五常，
在拉发，
哪一条枕木
不是染着血迹？
哪一尺铁轨
不是压着一个死尸？
您，《意大利的故事》的作者！
可是，在那里
现实
是越过了
您的想象以上了。
在七月的风里，
您的死的凶耗

是被他们的行动
给做了答复了。

七月的风吹着，
高粱叶子在振响着，
由于您的死，高尔基，
民众加强了他们的意志。

在田间，
农夫拿着锄头，
在作坊，
工人拿着工具，
他们是一样地
在那里抗敌的。
那里没有汉奸，
那里没有分化和告密，
除了城中的那些官僚
大家都在拥护抗敌的旗帜。

七月的风吹着，
满洲的火烧着，
伟大的高尔基，满洲的烽火，
也许会使您死也瞑目。
您的伟大的死，
也就更增加了那烽火的猛势。
在那里，
在松林里，
在高粱地里，

在原野里，
现在也许大家互相说：
伟大的高尔基死了，
我们的哀悼，
就是我们的烽火了。

七月的风吹着，
吹不透高粱的叶子，
满洲的烽火加强了，
那就是纪念您的名字。

一九三六年七月六日

"你们不用打了，我不是人啦！"

　　从故乡来了一个朋友，告诉我这么一段故事，我笑了，我的泪也落了。

　　告诉你，他们盘问我，
　　他们问我是什么人。

　　他们盘问我说：
　　"你是什么人？"
　　我说："我是中国人。"
　　一巴掌就打在我的脸上了！

　　他们又追问我说：
　　"你是什么人？"
　　我说："我是日本人。"
　　一巴掌又打在我的脸上了！

　　他们又追问我说：
　　"你究竟是什么人？"
　　我说："我是朝鲜人。"
　　啪的又是一巴掌打过来了！

他们狠狠地逼问我，

我哇的一声哭了：

"你们不用打了，我不是人啦！"

告诉你，他们盘问我，

我就是不说："是'满洲国'人呀！"

一九三六年十月六日

流亡者的悲哀

在海的那边，山的那边，
母亲在望儿子，弟弟在望哥哥，
可是，没有人晓得，在这个大都市中，
我一个人在拖着我的流亡者的悲哀。

"可怜的落侣雁"般的悲凄，
故园的烽火，更显得我的空虚，
看见青年朋友，感到自己老了，
遇到跃动的生命，觉得自己是刑余。

在阴凄的巷中，度着虚伪的生活，
人生的途径，在心中被虐杀着；
憎恨，如烈火潜在黑煤块里，
流亡者的悲哀，也只有流亡者拖起。

到海的那边，到山的那边，
流亡者的悲哀和憧憬交集着，
我也不想母亲，我也记不起弟弟，
故园的屠杀和烽火，在心中交映着。

一九三六年七月二十一日晚

外国士兵之墓

没有人给你送来一朵鲜花，
没有人向你来把泪洒，
你远征越过了万里重洋，
现在你只落了一堆黄沙。

你的将军现在也许在晚宴，
也许拥着美姬们在狂欢，
谁会忆起这异国里的荒墓？
只有北风在同你留恋。

故国里也许有你的母亲，
白发苍苍，在街头行乞，
可是在猩红的英雄梦里，
有谁想过这样的母亲和儿子？

现在，到了北风的夜里，
你是不是后悔曾经来杀人？
那边呢，是杂花绚烂的世界，
你这里，是没人扫问的枯坟。

一九三六年十月四日于虹桥公墓

黄浦江舟中

凉风吹过了横江，
水色映着天光，
我对着滚滚的浊流，
觉得像在我的故乡，
美丽的松花江上。

我想象着，在松花江上，
我的黄金的儿时；
就是半自由的时期，
在那"铜帮铁底"的江上，
每天还要渡过两次。

我忆起青年的高尔基，
漂泊在伏尔加的船上，
我忆起青年的勒芮①，
荡舟在密西西比的流里；
我想象着沙皇和殖民者的世界。

———————
① 勒芮，即法国作家夏多勃里昂（1768—1848）。

我望着那两岸青葱，
想起松花江边的沃野，
而避暑场所的那些高楼，
庞大的美孚油厂，汇山码头，
令我想起江沿的"满铁公所"了。

恒丰纱厂的烟囱凸立着，
宛如无数的待命的枪支，
向着我们在瞄准着。
在云烟尘雾的层中，
像是一涡一涡的毒瓦斯。

伏尔加河今昔不同了，
密西西比的河原上，
怕还溅着黑奴的鲜血，
松花江上呢，谁晓得谁
几时没有命，没有衣食？

松花江的原野上，
现在，是杀人和放火，
到处洒着民族的鲜血，
受虐杀的和争自由的血，
在敌人铁蹄下被践踏着。

凉风吹过了横江，
水色映着天光，
我对着那各式各样的船旗，
遥遥地想着我的故乡，

血染的松花江的原野上。

一九三六年七月二十六日晚

她们的泪坠落在秋风里
——忆铁蹄下的那些失掉儿子的母亲和失掉丈夫的妻子

在满洲，在那血染的森林和原野里，
在八月的乡村，在十月的旷野，
在冬天的雪地中，在春天的播种期间，
是有多少母亲，在想着她们儿子，
是有多少妻子，在盼着她们的丈夫，
望着被蹂躏的大地，心中流着酸泪。

九月的风吹着，她们望着荒凉的土地，
高粱叶枯黄了，她们寻溯着她们的枯黄的记忆，
儿子一去没有了消息，不知是江东还是水西，
丈夫自从那天被人捉去，以后就不知是生是死，
飞机在轰炸着，机关枪在扫射着，夜间都不能入梦，
厩中已没了马，院中已没了鸡，仓中更没有粮食。

九月的风吹着，她们忆着往年的情景：
高粱晒红了，豆子金黄了，往年现在是秋忙，
过了中秋佳节，大家就要准备割地和打场，
场院压得溜平，高粱、谷、豆，要一车车载到家里，
清早要发出打场的歌声，金黄的粮食进入仓中。

可是，现在，人没有了，也没有了鸡和马，只剩了活的孤孀！

她们回忆着，回忆着往年的乡村，农村的没落，
往年的苛捐杂税，钱发毛荒，一年比一年地穷困，
可是，往年还是能种地、收割，总不像这几年没有衣食，
现在，儿子、丈夫都没有了，眼看着地里长高了蒿草，
没有了马，没有了鸡，没有了裤子，也顾不得廉耻，
夜中虽偶尔入梦，可是又来了机关枪声和飞机！

岁月催着人老，忧愁催得她们白发苍苍，
那些没有了丈夫的妻子，失掉了儿子的老娘！
遗腹的孙子饿死了，小儿子也冻成残废，
田地荒芜了，可是，催钱粮的还是屡次来逼，
说："看你们家里无人，好多财主都押在封里。"
她们心中流不出泪来了，如同大地已不长粮食。

有时，日本人的飞机在轰炸着，屠杀着人民，
瞅见那鲜血迸飞，她像看见她们的丈夫和儿子的面影，
她们想象他们也是那样地遭屠杀，是那样英勇抗敌，
她们感到了慰藉，可是，随后，在心中又流出酸泪了。
催钱粮的一次比一次来得凶，田地一天比一天荒芜，
如同大地被蹂躏一样，她们心中的泪也被践踏干了！

有时，坐在井边，望着八月的田野，
有时，待在窗前，面对着骇人的雪夜，
她们从春耕望到秋收，从腊八盼到夏至，
可是，丈夫儿子终无消息，不知道是江东水西，
她们想着他们的英勇的死，或者是英勇地活着，

望着被蹂躏的大地，她们的泪坠落在秋风里。

一九三六年八月十一日

江村之夜（合唱诗）

一

白杨皎洁，青松苍翠着，
松花江上是静静的。
暗夜慢慢地爬起来，
笼罩住苍茫的大地。

从豆地里，高粱地里，
送出草虫的凄鸣。
一阵一阵的风，
令人闻到五谷的芳香。

远远一带连山，
天空中，星光辉耀着，
夜色是朦朦胧胧的，
烘托出一钩新月。

顿时间，在苍茫中，
大地像苏醒了，

田畴中，黑影蠕动着，
荒凉中，又蓬勃着生气。

如大海中起了怒潮，
莽原中，如火在焦烧，
旗帜在屋顶林梢飘荡着，
乡村像是顿生了光耀。

今夜，他们是准备做夜袭，
今夜，他们是要做夜聚，
"九一八"之夜，黑暗的夜，
他们是要用行动纪念你。

民众从各村庄集合起来，
热情燃烧着大地。
白杨皎洁，青松苍翠着，
松花江上是静静的。

二

几条火龙般的斑点的长蛇，从四外，向那江村凑集着，
逶迤蜿蜒地，奔驰着，如百川汇流在巨海。
如同北风飞腾着，卷扬起来的塞外的胡沙，
又如同热带的高速度的飓风荡在镜平的海上。
心里怀着热情，口是非常沉默的，脑子是非常冷静，
疾走着，来纪念这"九一八"，那些狂波怒涛的民众。
他们都是四乡的农民，有的是没落的小地主，落魄的商人。
有的，是失了丈夫的妻子，有的，是失了儿子的母亲，有

的，是孩提。

有的，是白发苍苍，人老心不老，露着活泼的童颜。

有的，是美丽的少女，健全的青年，面上却露着饥饿的菜色。

他们以先也许是这家跟那家有仇，也许都做过械斗，

也许因为欠租打过官司，也许因借贷都出过人命，

也许他们过去有婆媳的怨恨，妯娌的冤仇，

可是，一同在纪念"九一八"，集聚在抗敌的旌旗之下了！

如同荒原的野火在燃烧着，他们心里燃烧着猛烈的热情，

他们是一心，他们是一意，他们具有铁一般的意志，

他们围成一个铁筋钢骨的城，宛如那铜帮铁底的松花江，

他们那座钢铁一般的城墙，就集聚了他们的钢铁的意志，

他们的钢铁的意志做成了钢铁一般的力量！

九月的暗夜是沉重的，沉重的是他们的心里的热情。

他们心里是充满着憎恨、欢喜、希望，一切敌忾的心，

除了偶然两声老人的唏嘘，一切都是坚强的意志。

如同野火在燎原着，热情燎原着在他们的心中，

在九月的夜里，狂奋着，应着九月的风。

那里有从山东来的难民，从朝鲜来的贱民，

像赶猪似的被赶来的路工，没有工做的小手艺匠，

都来纪念那流血的大屠杀，那个做奴隶的日子，

万心一意地，在武装着，憧憬着未来，在锻炼着自己，

热情沸腾着，如钱塘江的怒潮，如黑水洋的巨浪，

在纪念着"九一八"，在九月的夜里，准备着突击。

三

在破板子搭成了的台上，

大家发出纪念的言辞。
钢铁一般的意志，
流出钢铁一般的话语，
成了钢铁的交响乐，
在那钢铁一般的夜里。

发言者甲

"'九一八'到现在已经五年，
我们真是做了不少的鏖战！
袭击，突攻，我们是出奇制胜，
我们真是不知攻破了多少敌人的营盘，
我们潜伏在山林中，高粱地中，
我们真是不知劫到了多少敌人的粮食！

"这是我们个人的力量吗？
不是，是大家的共同的合力，
专靠军队的力量是不够的，
是因为民众在互相联合一致！

（这里，大众是应唱着，
或者是在心里默想着。）

"自从'九一八'那一个黑暗的夜里，
我们的脖颈上认真加上一条锁链。
飞机、大炮，向我们身上轰炸，
机关枪不知扫射了多少民众。
生的要求使我们起了义勇军，

都市和农村，大家同敌人相抗衡。

"这是我们个人的力量吗？
不是！是大家合力在抗敌！
专靠着兵士的力量是不够的，
大众联合起来，才有最后胜利！

（这里大众在唱着，
或者是在心里默想着。）

"我们使日本人疲于奔命，
他们成了我们的运输司令。
送来了粮食，送来了军器，
哈哈！使我们要抵抗到底！
看光明，我们的最后的胜利，
纪念'九一八'，今晚要去突击！

"胜利终归是我们的啊！
是的！我们大家合力去抗敌！
农工商学兵，来解放我们自己，
从侵略者争取我们的最后的胜利。"

（这里，大众是在应唱着，
或者是在心里默想着。）

发言者乙

"自从那年起真是糟糕，

家家户户就没有了吃烧。
春风吹来，眼瞅着不能下种，
到了秋天，到处是满地蓬蒿。
锄头呢，只好不用，挂在墙上，
大车呢，也只有劈了，做柴烧。
儿子呢，抓到县里去没有消息，
马呢，通通地被他们征发去了，
猪也给杀光了，鸡也被抢尽，
家畜呢，只剩了两只没饿死的瘦猫。
这还不算，县里还天天来催钱粮，
飞机、机关枪，还在向你扫射！
本想是谁做皇帝给谁纳晋，
可是，连顺民也不让你做了。
你不去造反，有什么办法，
老百姓没法子，也拿起镰刀，
锄头、斧子、二齿钩，都做了武器，
要把鬼子和鬼奴剪草除苗！
这一下子真算是有了救星，
我们老老少少都去放哨，
把日本兵打得七零八落，
'满洲国'兵，见我们望风而逃。
今夜，我们要护卫我们村庄，
今夜，我们大家要都去放哨。
我，虽是庄稼人，也已经明白了：
只有抗日是活路一条。
今晚，那里要过敌人的兵车，
去袭击，劫点军火和粮草。"

发言者丙

"提起了小鸡子，真令我心痛，
我那个大芦花真会打鸣，
我那大黑母鸡一天给我生一个蛋。
我的小孙儿要吃蛋我都不给，
可是，咳！被日本子通通给我抓去了。

"想起来真苦呀，我的小孙儿活活冻死，
我的儿媳妇被日兵强奸跳到井里，
我的那个儿子，谁知道他在江东或水西，
是那些黑心的鬼子，把我弄得家败人亡了。
我要拿菜刀，去杀上几个，虽然我已七十七。"

（所有人都呜咽了，
泪洒在秋日的暗夜中，
愤恨燃烧在所有人的心中，
如同烈焰在原野燃烧着！）

发言者丁

"这几年来，真不知我们流了多少血，
多少人失了踪，多少人被处了死刑，
东北的张学生，在城里读中学，
被诬说抗日，在北山上割了脖子。
好多人被捉去，关在一个房子里，
机械一转，连骨头肉都不见了。

"这个年月，真是顾不得廉耻，
好多大姑娘，都穿不上裤子，
你们看，多少窗户都糊不上窗户纸，
在去冬，活活地冻死多少小孩子！
小鬼子弄得我们连地都没法种起，
一天想吃一顿稀粥也都做不到了！"

发言者戊

"你们说我是财主我是粮户，
可是，我反是比你们还苦。
你们不种地亦不用纳粮，
可是，我不收粮还得交大租。

"前年，我儿子因欠钱粮被押起来，
受了毒刑，病死在封眼儿里，
去年我也被捉到县衙门里，
义勇军攻陷了城，算是把我救出来了。

"我随着队伍，到在这一边，
我感到我的责任，是防卫我们疆土。
我们现在就是种地也不纳钱粮了，
看哪个王八蛋再来逼我们去封大租。"

发言者己

"虽然俺是老山东，长个南北脑瓜骨，

俺也有几句话，要向你们说上一说。

俺去年离开了山东家，到了关东城，

家里还有一个七十老娘，和孩子老婆。

他们说招工修铁道，双工钱，吃馍馍，

可是到了地方，俺可就砸了锅！

不但不给工钱，还给你戴脚镣子，

一天供给一顿饭，是只给两碗粥喝！

想当年，俺东庄的王大哥，到过海参崴，

挣了好多羌帖，还带回来一个毛子老婆；

张庄里的李老三，也去挖金子到过漠河，

金子带来无其数，回家开了一个大烧锅。

俺这一次跑关东，真是可糟了糕，

家里来信说：没吃又没烧，裤子当光了，

说俺不养娘，娘活活地气死了。

以后就没有了信，据说是日本人给没收了。

不管是夏天大热天，还是冬天下大雪，

东洋鬼的铁鞭子总是在俺们头上震响着。

抬着道木，抬着沙土，抬着笨重的铁轨，

一直抬向东北，从拉发奔到大黑河。

纵令你是铁骨头，你也浑身发酸啊，

况且只吃一顿稀饭，俺那些伙伴死了大半了。

听说，有一天，用火车还给压死了好几十，

啊，天老爷照应，幸而俺早早地跑掉了。

俺现在有家归不得，没有盘缠，过不去关，

日本人是俺的仇敌，所以俺加入你们的队伍。

俺会拆铁道，俺知道怎样使他们的火车掉辙，

今天，俺要纪念'九一八'，俺要拿枪去劫车。

俺明白了：只有打倒帝国主义是生路，

俺要保卫俺的疆土，俺也出去到哨所。"

发言者庚

"我是一个外国人，我的国籍是朝鲜。
我们那里比你们这里更是要凄惨。
我们几千年都是给别的国做藩属，
我们做日本的奴隶，已是三四十年。

"为自由，为独立，我们曾经牺牲多少热血，
可是，在我们的脖子上，又加紧了那条锁链。
有多少人遭了屠杀，有多少人遭了焚烧，
是有多少志士，为祖国，被关入了囚牢。

"我们那里也有多少国贼，就如同'满洲国'的那些官吏。
我们那些被豢养的走狗，是有很多来到你们这地方。
我们那里，也是有的是失业，有的是经济恐慌，
我那里的农村破产，也是同你们这里一样。

"帝国主义在我们朝鲜筑港：清津、罗津和雄基。
那为的是向你们进攻。那里捉了好多廉价的奴隶。
帝国主义压榨着我们，犹如它压榨着你们似的。
你们的铁链加紧一环，我们的，也要加深了一扣。

"然而，一切的压迫，是压不倒我的自由的要求，
在我们的心里是同样地燃烧着反帝的情热，
我们也有我们的义勇军，在防御我们的疆土，
为国防我们要提携呀！我们全是被压迫的民族！"

发者言辛

"小朋友也爱国，
要奋勇保卫疆土，
刘秃遭了惨杀，
李柱子垫了马蹄。
为他的伙伴复仇，
他要向前去杀敌。

"小朋友，不怕死，
要拥护民族利益。
尽管敌人飞机，
尽管敌人的铁蹄，
为他的未来福利，
他要执戈去杀敌。

"小朋友，人虽小，
他的心倒有天高。
他可假扮牧童，
去探听敌人虚实。
今晚他要去侦视，
好让伙伴去突袭。"

大众合唱

"我们赞成这位山东大哥，
我们赞同这位朝鲜弟兄，

我们赞同这位小朋友，
为的我们的自由平等，
我们要去向敌人抗争。
被压迫的人群联合起来，
弱小民族要紧紧握手。
突击，去迎接未来的光明。

"夜袭！突击！
向敌人冲锋！
我们的意志是钢，
我们的意志是铁。
我们是暴雨是狂风，
要铲除邪恶和不正。
为我们民族的解放，
去闯入帝国主义的老营！

"'九一八'，现在五周年，
我们用行动去纪念国难。
驱逐出去帝国主义，
我们才会有饱饭吃。
我们的钢铁的意志，
要荡扫敌人的铁蹄，
向敌人冲锋，突击，
向帝国主义老巢中捣去！"

四

白杨皎洁，青松苍翠着，

松花江上，是静静的。
星光闪烁着，
注视着苍茫的大地。

夜风吹荡着，
夜色越发朦胧了，
人海消散了，
又是谷香和虫鸣。

旗帜已经不见了，
乡村又入了暗夜；
莽原中，如猛火在烧，
他们今夜准备夜袭。

淡淡的，远远的连山，
天空中是一钩新月，
如怒潮前的海面上，
现在是夜袭开始了。

一九三六年八月二十日晚

全民族总动员

兄弟们，大地上已经震响起民族抗战的号角，
现在，到了我们总动员的时候。
你们听，敌人的军马在啼，
敌人的大炮在那里轰击，
天空上，在翱翔着敌人的飞机，
大地上，已经洒满了被屠杀的民众的血迹。
现在，没有地方让我们去苟安逃避，
是退让，还是抵抗，是生还是死！
兄弟们！大家要武装起来，
我们要保卫我们的上海。
托起我们的刀枪，向强盗冲去，
我们要使黄浦江成为敌人的血海！
兄弟们！大地上已经沸腾了全面抵抗的热情，
现在到了我们总决战的时候。
你们看，天津已成为焦土，
敌人飞机正在全国轰炸，
在南口，正咆哮着敌人的大炮，
大地上，已经布满了被屠杀的民众的尸骸。
现在哪有时间让我们去忍受、喘气，
现在到了时候，是要抵抗到底！

兄弟们！大家要武装起来，

我们要固守我们的华北。

甩起我们的手榴弹，向敌人冲去，

我们要使渤海湾成为敌人的血海！

兄弟们！大地上已经燃烧起中华民族的愤怒，

现在正是我们大翻身的时候。

你们看，农工们都在武装，

农村和都市，都在磨刀枪，

在东北，义勇军正向我们号召，

大地上，今后要充满被压迫的民族的咆哮。

现在，要收复东北，直捣强盗老巢，

怒吼吧中国，现在是时候已到！

兄弟们！大家要武装起来，

我们要收复我们的东北。

开起我们的大炮向强盗冲去，

我们要使鸭绿江成为敌人的血海！

一九三七年八月十五日，上海

全民族的生命展开了

——黄浦江空军抗战礼赞

在那里，
你们展开了
我们全民族的生命，
在那里，
你们激扬起来了
我们的全民族的热情。
我们眼望着你们，
我们的心，
要从口里跳出来了。
向着那云雾中，
我们的憧憬的心
贯注着，
我们的浑身
紧张着我们的力。
我们的眼睛
是火一般的红，
我们感到
我们的拳头
在对着敌人挥舞。

黄浊的江水

在你们脚底下怒号着，

四万万五千万人的

神经向着你们飞跃。

在碧空中，

你们展开了民族抗战的

伟大的诗篇，

在云端上，

我们的民族的英灵

展动了他的皎白的翅膀。

伟大的创造者，

伟大的民族史诗的

创造者呀！

全民族的

血与肉的交响曲！

全民族集体创作的

伟大生命的史诗！

全民族的生命展开了，

向着光明！

向着胜利！

一九三七年八月，上海

东方的堡垒

好像是
在我的身上
解开了
一条绑绳，
青天中
像是打出了
一声霹雳，
我真不晓得，
我是发了呆愣，
还是欢喜，
今天报来得
特别地早——
莫非说是
特意来报告
这个福音，
这个消息！
西方的
新的人类
和
东方的

觉醒了的民族，

今天是

更紧密地

握手了，

人类的和平上

又添了

一个强的屏障。

中山先生

和

列宁先生

的灵

在天上微笑着，

帝国主义，

汉奸，

托洛斯基①，

一切的妖魔，

滚蛋吧！

现在东方已经微明，

太阳正要出来。

我欢喜，

祖国，你有了

抗战的路标，

祖国，你有了

东方的堡垒！

一九三八年八月，上海

---

① 托洛斯基，即列夫·达维多维奇·托洛茨基（1879—1940），俄国革命家。

民族叙事诗时代

歌唱吧，民族的叙事诗的时代到临了，
天空和大陆中，实现了英雄的奇迹。
民族的生命的火，现在白热地燃烧着，
四万万五千万人的怒吼已震动了大地。

为了民族的自由平等，为了祖国的独立，
四万万五千万人在哨岗上紧握着自己的武器。
血与肉，交织出钢铁的抗战的交响曲，
一月间，一年间，十年间，是死灭，还是胜利！

全世界的被压迫的民族都在热烈地注视着我们，
怒吼吧！中国！为了人类的光明，为了德谟克拉西！
现在，已涌起了钢铁的洪流，现在是中国的暴风雨，
现在，中国是争自由的摇篮了，为全世界，为德谟克拉西！

现在是民族的生命发扬到极高度的时候了！
现在是生死的关头，是光明和黑暗的分水岭！
民族的血在沸腾，意志是钢铁一般的坚韧了！
民族的行动，就是伟大的民族的英雄的史诗！

白热的生命的火花，要燃烧成白热的诗篇，
四万万五千万人的战歌，今后要震碎了强敌！
你们要做清亮的回声，你们要做广播的号筒，诗人们！
歌唱吧！现在，民族的叙事诗的时代到临了！

一九三七年十月于武昌

武汉礼赞

这里，是死一般的沉静，

可是，这里含蓄着猛虎一般的热情；

这里，是真空一般的寂寞，

可是，在真空里，是蕴藏着白热的烈火；

这里，在过去，虽是一片荒凉的沙漠，

可是在不久将来，却要成为水草丰富的绿洲；

这里，在过去，虽像是破落了的王侯宅第的废墟，

可是，在不久将来，却要充满了新的生命的气息。

武汉！你，民族复兴的摇篮地呀！

你将是二十世纪的新的都城呀！

中华民族的生命，将在你的胸怀中展开了！

在你的天空中，民族的生命，在展开了他的翅膀，

在你的街衢中，民族战士的进行曲使万众的心合而为一了。

艺术和科学的未来的中心呀！

民族抗战的大本营呀！

二十七年以前，你曾开过一次鲜花，

四万万五千万人，都在仰慕着你。

十几年以前，你又曾成为民族革命的摇篮，

四万万五千万人，又都在景慕着你。

后来你成为兄弟仇杀的修罗场①，

你成为不毛的沙漠了。

可是，现在又到了你的复兴的时候。

在那江汉之滨，

在那群山拱抱之中，

我看见了你，

在那如原始一般的大自然中，

我看见了你，

如醉酒的狮子一般地睡眠着。

我像是发现了一块处女地。

在你的里边，像有无限的新生的力量。

最后来的，也许会在最前的，

武汉，这也许就是你的未来的运命。

在你的都夜中，我看见了黎明，

东方的微明，已经破晓了！

武汉，我祝福你，

我祝福在你的里边将涌出民族的新生，

我祝福你将成为铁流的源地；

我祝福你，武汉，

你要成为东方的翡冷翠②，

你要成为东方的巴黎，

你要成为东方的莫斯科；

我祝福你，武汉，

你，二十七年的德谟克拉西的摇篮，

你将要成为新的中国的中心，

---

① 修罗，"阿修罗"的略称。来自梵文，古印度神话故事中的一种鬼神。因常与天神战斗，后世亦称战场为"修罗场"。

② 翡冷翠，即意大利的佛罗伦萨。

新的德谟克拉西的铁工厂。

一九三七年十月二十三日，夜八时，武昌

今天我真是欢喜得若狂

今天，
我真是欢喜得若狂，
因为，在二十年前的今天，
在西方，
出现了新的太阳，
我恨不能在大街上飞跑，
高举着红旗，
在光天化日之中，
随风飘扬。

在二十年前的今天，
你，新的自由的人类的国家，
你为全世界被压迫的民族的解放建立了根基，
你用你的血和肉，
你用你的怒吼，
吓杀了那摧残人类的恶魔——
帝国主义！

这二十年以来，
我们看见你一天一天地在生长，

我们看见你的光度
一天一天地在加强，
第一个五年计划，
第二个五年计划，
广大的农业和工业的建设，
德涅泊水电站，
集体农庄，
而且，你建立了你的强有力的国防，
给全世界的被压迫的民族，
筑成了一道钢铁的万里的城墙。

在二十年前的今日，
你打破了一切羁绊人类的镣铐，
你已不是把我们数万民众赶到黑龙江里的那沙皇俄罗斯，
你成了全世界上第一个以平等待我的民族了。
你的热诚，促进了孙中山先生和列宁先生的紧密的握手。
是在你的支援下，
中华民族发出来了他的奴隶解放的怒吼！

十年来，
天空里边曾有过不少的云翳，
十年来，
在东亚大陆上也曾洒了很多的兄弟残杀的血迹。
可是，现在，在日本帝国主义的炮火之下，
中华民族更深切地觉醒了。
兄弟们握着手，流泪了。
黄浦江上的怒潮，
塞外晋北的军号，

告诉全世界说：

中华民族复兴的日子到了!

我欢喜，

我的流亡者的旅途已经快有了终结，

我欢喜，

我们又可以鼓起来了我们那受了伤又痊愈了的双翼。

全中国，

四万万五千万人现在真是欢喜得若疯若狂；

在东北，

那些被压迫的同胞，

现在，在那里默祝着全面抗战的胜利。

我切望着，

在明年今日，

在关东原野的冰天雪地中，

我们要同着俄罗斯人，朝鲜人，蒙古人，

以及那些睹望着光明的松花江下游的弱小民族，

连那些反对侵略的日本的革命大众，

热烈地握手，

向着列宁先生和孙中山先生的遗像，

同那三千五百万人①在一道，

致我们的最诚挚的敬礼!

一九三七年十一月七日，武昌

---

① 指当时的东北人民。

我们要做真实的诗歌记录者

谁是诗人？
是你？
是我？
谁都不是！
民族的战斗的行动
是一部伟大的诗篇，
我们只是
一个诗歌的记录者。

你们！
中州的诗歌记录者们！
你们！
岭南的诗歌记录者们！
你们！
武汉的诗歌记录者们！
你们！
齐鲁的诗歌记录者们！
拿起你们的朴素的笔，
把民族的伟大的诗篇，
记录下来吧！

在黄河北岸，
震响着杀敌的号角！
在珠江口，
吹动了抗战的军号！
黄浦江上，
在卷着怒潮，
关东原野，
正在咆哮！
中华民族——
伟大的诗人，
巨人般地，
站起来了。

"起来！
不愿做奴隶的人们！……"
你们听！
全民族在怒号！
你们听！
全民族在吼叫：
谁是诗人呢？
不是我！
也不是你！
民族的战斗的行动，
是一部伟大的诗篇，
我们是要做一个
真实的诗歌记录者！

一九三七年十一月五日，夜中，武昌

赠 高 兰①

啊！高兰！

你从冰天雪地中生长出来的诗人！

在我的悠长的旅途中，

你的健壮的诗歌，

使我得到最初的欢喜：

"八一三"的炮火是把中国的诗歌变质了！

新的时代，

新的现实，

新的歌声，

新的生命力，

是光明的，

扫开了一切的云翳！

在你的青春的诗里，

我感到了——

一种荒莽的力量，

一种纯朴的大地的土的气息。

我感到了——

"八一三"的诗歌，

---

① 高兰，黑龙江省瑷珲县（今黑河市爱辉区）人，诗人，抗日战争期间曾积极从事朗诵诗运动。后为山东大学教授。

已经有了它的健全的萌芽，

诗歌的大时代，

已经在开始！

你的诗使我感到了北国的土腥，

可是，高兰，我原不知道——

你是从那荒莽的冰天雪地中出来的，

你的家，

同我的家一样，

是在那铁蹄下边的雪原里！

啊！高兰！

从上海流亡到武汉，

这两个多月里边，

我真不知道感到多少欢喜！

同时，我也流了多少眼泪！

（虽然，有时，眼泪只是流在心里！）

我感到——

六年间的磨炼，使我们强健起来了！

好多好多的青年朋友，

真是健全得同钢铁一样了！

在笕桥，

我们的飞行士，

给我们做过了沉痛的报告①！

那使我流了好几次的泪！

从北方，

好多的意想不到的朋友，

使我知道他们在艰苦地战斗！

---

　　①《在笕桥》是一篇东北飞行士所作的报告文学，见《大公报·战线》。——作者原注。

那也使我流出眼泪来了！

六年间的血的洗礼，

把棉花般的孩子们都变成钢铁了！

高兰！我们是从血泊中生长了起来！

在我们的不知道的朋友中，

会有多少多少的人

达到了我们想象不到的健全法！

那值得我们欢喜！

那值得我们流泪！

那更是值得用我们的笔记录出来，

用我们的歌声讴歌出来！

高兰，你从冰天雪地中生长出来的诗人呀！

在那冰天雪地中，

在这六年间，

真不知有多少民族战士，

用他们的血与肉，

交织出来伟大的民族革命的诗篇！

你用你的健全的话语，

把那些英雄的叙事诗记录下来吧！

高兰！你莽原里产生出来的诗人呀！

大地的吼声，

现在是正待我们记录的时候了！

"八一三"吹起全面抗战的号角，

多少英勇战士为国牺牲了！

只有争取到祖国的抗战的胜利，

东北的三千五百万的民众

才能达到解放！

高兰！为民族革命高扬起你的歌喉吧！

在诗歌中激发起民族的伟大的感情吧!
我们要在这个大时代中,
做一个洪亮的回声,
做一个清醒的喇叭手,
民族的生命已燃烧到白热,
高兰,把民族的白热的生命力,
用你的诗歌,记录下来吧!
我们要做伟大的民族叙事诗的
渺小的记录者。
高兰! 歌唱吧!
现在,是诗歌复兴的时代了!

                              一九三八年,武昌

四月二十九号下午

万里无云，

正午的高空中，

是一颗炎热的太阳！

碧空，

是说不出怎样的明朗！

好像是在盛夏里一样！

又有热，

又有光！

午睡里，

我醒了过来，

骤然间，

起了警报的声响！

我没有惊慌！

也许因为今天我是特别的健康！

我理了理我的书桌，

我一边在心里想：

花子打鸡，又来菜了！

今天管保同"二·一八"一样！

我心里是非常欢喜，

又有热，

又有光，
同那外边的万里无云的晴空一样！

有人问我：怕不怕？
我说：怕的是什么！
喝凉水有时也会噎死！
炸弹落在头上，也不一定会炸！
今天又会打下他十九架！
我默然着——
今天也许会有更残酷的轰炸！
我默想着——
第二次警报来了，
敌机在头上震响了，
我也就同别人走到楼下。

在楼下的防空洞里，
已挤满了人！
各个人呆呆地望着，
一点都没有声音。
我站在那门口，
时而向外望着天空，
时而向里边望着那些人的面孔。
嗡！嗡！嗡！嗡！
敌机在天空飞翔着！
嘣——
炸弹在丢着！
嘣——
又是一个！

嘣——嘣——嘣！

"这一次，炸得不轻呀！"S说。

嘣——嘣——嘣！

房子，震动了！

嘣——嘣——嘣！

壁墙如纸糊的东西一般地动着。

嘣——嘣——嘣！

玻璃啪啪地震响着。

像是天翻地覆了！

在防空洞里，

一点声息都没有，

如同是死了一般！

每个人的心里是想着什么？

是死还是胜利呢？

嘭——

高射炮响了！

啪——

机关枪响了！

在祖国的天空上，

民族的战士，

对于人类的敌人，

展开了

无情的

英勇的

战斗了！

啪……啪……啪……

机关枪不住地响着，

一分钟，

两分钟，

三分钟，

一刻钟，

两刻钟，

三刻钟，

一直到长久的时间！

同天空中的战斗相呼应着，

地上，人们的心里，

欢喜，在跳跃着：

——狗日的，出不去了！

管保又打下他几十架子！

警报解除了，

大家又安静地回到自己的房里，

兴奋地谈起来了。

隔壁的小朋友从学校里回来了，

向我说：

"伯伯，我在学校，

"看见了打掉的飞机落下来了！"

"这一次不知炸到哪里了？"我说。

"汉阳也打下了一架飞机！"

M小姐走进来说着。

晚上，

满街上，

传遍了胜利的消息！

击落敌机二十一架！

是"二·一八"以来的大胜利！

过了两天，
报纸上载着说：
又发现到敌机残骸五具！

鬼子飞机，以后就好久没有来了！
狗日的，来是好来，
回去可不好回去！

一九三八年四月二十九日

悼高尔基

你——
劳苦大众的
普罗梅修斯①。
你——
新的世界的
盗火者。
高尔基，
你的
流浪的足迹
历遍了俄罗斯，
你的
流浪的足迹
历遍了全世界。
到处，
你用战斗
武装了劳苦大众；
伏尔加河上，
永远留着
你的伟大的记忆。

———————————
① 普罗梅修斯，即普罗米修斯。

你喜欢哭，

在你的哭里

是旧世界的惨苦；

你喜欢笑，

在你的笑里

是新世界的欢喜。

你用战斗

武装了我们每个人的心灵，

每个人

都在战斗中

纪念着你。

可是，

在今日的

反强盗集团的斗争中，

你的战斗力

已被国际间谍们

给剥夺了。

然而，

你的光

永远照耀着我们！

为了人类的解放，

我们要为你复仇，

我们要在

你的伟大的光辉中

坚强着

我们的战斗。

一九三八年于武昌

初踏进了牧歌的天地

在这荒莽的原始的天地中，
燃起了新的火焰。
无数的高峰，
无数的岗峦，
无数的瘴雨和蛮烟，
从老街到河口，
从河口到开远，
从开远又到了昆明的高原，
真是过了一山又一山。
在那万山中
有广阔的平原，
在那些高原里边，
散布着肥美的农田。
到处是牧歌情调，
散布在田野和山间。
空气中是牧歌，
田野中是牧歌，
山谷间是牧歌，
湖水里是牧歌，
牧歌的情调，

是充满了这原始的莽原。

云南——我的憧憬的国土!

我在梦里曾经憧憬着你!

从艾芜的小说中,

我曾经看见你的光与热,

我曾经听见你的山中的牧歌,

从聂耳的歌声中,

从仲平的诗中,

我曾经看见你的奔放的热情,

你的古希腊一般的狂热的歌舞。

可是,那一种憧憬的世界,

今天,在我的眼前实现了。

经过了"童话的国土"——越南,

我又重踏上祖国的土地。

我的心,

是如何的欢喜呀!

从那个阿丽思的奇境中,

渡过了那一条小小的河,

从那一条木桥上,

又踏上祖国的土地,

在我的心里,

并没有从梦中初醒的幻灭!

在我的心里,

有新的兴奋,

有新的欲求,

有新的火。

一切的梦成为真的了,

憧憬成为现实!

山中充满了牧歌调，

而且充满了新的气息。

在火车中，

有两个商人，

高谈着我们的友邦——苏联。

那是多么令人兴奋呀！

在这个原始的处女地中，

使我们看见了

新的火焰

在生长着；

在这个原始的处女地中，

使我看见了

新的战歌

和原始的牧歌

融合在一起了。

一切的梦，

成为现实！

云南——这个原生的处女地！

你有伟大的旋律！

一条蜿蜒的红色的河，

贯在万山中间，

做成了一条有力的动脉。

从万山中

到了你的广阔的平原里，

你的律动

是越发地长，

越发地有力。

我好像是到了中原，

到了我的故乡——山海关外。
你更使我想象着
那茫茫的西伯利亚。
可是，这里并不是那一片雪原，
这里是南国的广阔的天地！
而且，在这南国的广阔天地中，
原始的牧歌调
和新的战歌
混融在一起，
而且，要永远结合在一起！
这里是原始的处女地！
这里是新中国的摇篮！
这里就是中华民族的
抗战建国的一个坚固的后方堡垒！
云南——在你的牧歌的世界中，
我看见我们抗战建国的铁工厂！
在你的火炉里边，
我看见我们争自由解放的火焰
一天一天地，
扩大起来了！
在你猛烈的火焰中，
我看到新中国的光明。
我要同多少的民族的战士，
在你的铁工厂中
共同实践我们的新中国的创造。

一九三八年八月，昆明

七年的流亡

七年的流亡
使我走遍了
祖国的海岸线!
七年的流亡
使我从这一个边疆
走到那一个边疆!
使我从这一个蛮荒
走到那一个蛮荒!
七年的流亡
使我深受了
祖国的命运的凄凉!
七年的流亡,
在荒凉的祖国里,
现在,
已经燃烧起来了
民族解放斗争的
灿烂的火光!
故乡,
现在,
在你的大野里,

那苍莽的野草，

已经快要枯黄。

在那凝了霜的白露里，

若是在往些年呀，

农夫们已经在

欢喜地瞅望着

那已经成熟了的

谷子、豆子和高粱。

现在呀！现在呀！

已经完全是两样！

现在呀！

那里已经是一片血腥的屠场！

可是，在那里，

七年前，放出了

民族解放的新的光芒！

那里呀，

成了全民族的榜样。

那里的那一点星火，

已经成了烈焰，

烧遍了亚细亚的东方！

七年的流亡，

使我像一个吉卜西人①一样，

像一个无钱的犹太人一样，

从祖国的东北角，

流浪到西南角！

从这一个边疆

---

① 吉卜西人，即吉卜赛人。

到了那一个边疆！

从这一个蛮荒

到了那一个蛮荒！

可是，在这里，

同我的故乡一样，

这里有肥美的农田，

这里有秀丽的山野，

这里像故乡一样苍莽，

这里也像故乡一样荒凉，

这里的人，

也是同故乡的人一样！

在这万里的云南，

我见到了我的第二故乡！

可是，这里

也像我的故乡一样，

一点一点的星火，

也要燃成为巨大的光芒！

故乡，

现在已经冰冷了！

在白露凝霜的早晨，

母亲也许还在倚着门望着儿子，

一边在听着大树上乌鸦的叫喊；

也许夜里听着蟋蟀的声音，

母亲一边心里流着泪，

回忆着往事。

可是，母亲也许早已不在了！

家里的窗户，

也许在几年前，

早就没有窗户纸！

房子土地，听说是，

早就被没收了，

以后，就没有故乡的消息！

该没落的，

也许早就没落了！

六七年来，

故乡背起了全民族的十字架，

故乡传出来民族解放的新的福音。

故乡战斗起来了，

故乡统一起来了，

故乡成了全民族的伟大的教训！

故乡的号角，

已经成了全民族总动员的《马赛曲》；

故乡的烽火

现在已燃遍了中华的大地！

七年的流亡，

使我从流亡者的悲哀，

转成了一个盗火者的欢喜。

如同游吟诗人一样，

我在祖国的腹心里流浪着，

我的心，

好比一个托钵僧，

在苦难中，

感到了无限的欢喜！

祖国的民族解放斗争的火光，

灿烂地在全中国怒放了！

从这一个边疆

流浪到那一个边疆，

从这一个蛮荒

流浪到那一个蛮荒，

我的欢喜，

永远一天一天地在生长！

这里，这万里的云南，

也要同我的家乡一样，

星火也要放出巨大的光芒！

后来的也许在前吧！

这里的火花，也许更要红亮！

在这里，

新的战士不断地生长起来了！

在民族解放的不断的战斗中，

他们更要不断地生长！

故乡！

七年间，

你的火燃烧遍了全国了！

七年间，

你的教训，

造成了全民族的铁的力量！

在这个边疆里，

在这个蛮荒里，

大众也武装起来了！

故乡！我祝福你！

现在，

在祖国的大地上，

到处，
已燃烧起来了
新世纪的
灿烂的火光！

一九三八年九月二日，昆明

昆明！美丽的山城！

昆明！
美丽的山城！
在群山拱抱中，
你显露出来
你的雄大的姿容！
在岗峦起伏的山丘上，
矗立着你的伟大的雄姿。
在你的腹心里，
起伏着无数的湖沼和山岭：
有那高耸的五华，
和那苍翠的圆通，
在那神秘的翠湖的上边，
瞰视着那寂静的螺峰！
在你的周围，
是环绕着巨大的湖水，
和无数的崇山峻岭：
碧鸡峰对着金马峰，
在滇池的苍茫的湖水里，
映着西山的俊丽的荫影。
在你的周围，

是连绵不断地重叠着
无数的湖泊、沼泽、山岳和丘陵，
在群山中，
瞰视着
你的伟大的雄姿。
昆明！
美丽的山城！

昆明！
美丽的山城！
在广大的原野里，
傲立着
你的雄大的姿容。
在你的无边的田畴里，
九月的风，
吹着油碧的稻浪，
在绿天鹅绒的原野里，
狭窄的石头的路径上，
这里，那里，
震响着骡马的铜铃。
在你的高朗的天空上，
翱翔着我们的庞大的银翼的铁鹰。
在铁鹰的翼膀上，
反映着灿烂的天光，
在铁鹰的翼膀下边，
歌唱着祖国的黎明。
在你的原野里，
一根草，

一棵树，
都令我起了无限的憧憬，
一缕风，
一滴雨，
都令我想象到祖国的伟大的姿容。
在群山中，
你象征着祖国的辽阔广大！
昆明！
美丽的山城！

昆明！
美丽的山城！
在这西南的边疆上，
傲立着
你的伟大的姿容。
在这群山拱抱中，
你好像一个铁的堡垒。
你有你的四通八达的马路，
从西南边疆直通到祖国的心脏。
你如一个巨人似的，
傲然地，立在
群山中的大平原里，
用你钢铁的手，
执着铁的武器，
守着你的钢铁的岗位。
你屹立在这苍莽的原野里，
如同祖国的一个心脏，
你的那些长的大的马路，

如同祖国的几条大动脉，

把新鲜的血液输送到祖国的周身。

你给祖国准备了

新的煤，

新的铁，

你给祖国准备了

新的火，

新的动力，

新的食粮，

在你的新的脉动里，

我看见祖国的一切的新生的动力。

在群山拱抱中，

在广大的原野中，

你傲然地屹立着，

如同是一个钢铁的巨人，

在固守着钢铁的岗位。

你令我想象到祖国的钢铁的洪流，

祖国的钢铁的新生，

你令我想象到祖国的一切的钢铁的伟大。

在这个西南的边疆上，

如同一个新的长城似的，

你傲然地屹立着，

你好像是一个新中国的象征。

昆明！

美丽的山城！

昆明！

美丽的山城！

在群山的拱抱中，

在广大的原野里，

你显现出来

你的雄大的姿容。

在二月里，

你受着塞外的沙风。

在黄昏里，

你是烟雾重重。

在东南西北，

你有七个古老的门洞。

在暮烟笼罩着西山的时节，

我想象着你的睡姿。

当银月照在翠湖的林梢的时节，

我想象着你的朦胧的梦境。

在白昼，在黄昏，在夜里，

在一切的时节，

你都令我想象着是我们的故都北京。

天开云瑞的牌坊，近日楼，

令我永远以为是前门洞，

西山就像是北京的西山，

你的城里城外，就像北京的内城外城。

你的酒馆，你的道路，你的胡同，

都令我想象是在我们旧都的故城。

昆明！

美丽的山城！

你苍老地颓立在大平原的中央，

是时时地引起我的故国的憧憬！

虽然这里没有沙漠的骆驼，

可是，这里有故都同样的荒凉和寂寞。

尤其是，当街道里吹起了黄沙，

尤其是，当破瓦房里漏了雨，

尤其是，当皓月照笼在西山的巅头，

尤其是，当马驮子的铜铃声震彻了四隅。

可是，

昆明！

美丽的山城！

如同古老的旧都一样，

你也怒吼起来了！

你的雄壮而颓废的

苍老的雄姿，

是象征着旧中国的颓废，

也是象征着新中国的更生。

如沙漠里的故都一样，

昆明也战斗起来了！

昆明！

美丽的山城！

昆明！

美丽的山城！

在群山的拱抱中，

在广大的原野的中央，

你显露出来

你的雄大的姿容。

如同一个巨人似的，

你站了起来，

如同一个巨人似的，

你战斗起来了，

在这个西南的边疆上，

在这万山中间，

我们看见你的雄姿一天一天增大起来了！

你象征着我们的新生的中国，

你一天一天地脱掉了你的灰黄的外表，

你武装起来了！

我看见，

在你的街头上，

震荡着救亡的歌曲，

在你的每个战士的心里，

燃烧着新的动力！

在你的各个角落上，

新生的猛火都开始在燃烧。

在你的腹心里，

在锻炼着一切的钢铁的战士。

在这里人的力量征服了大自然，

十几万的开路先锋，

在几个月的工夫，

修筑了千里的公路，

在蛮烟瘴雨的万山中，

用血汗写成了伟大的诗篇。

这里铁鹰在天空上高傲地翱翔着，

他们的巨大的声响，

象征祖国的一切的新生的力量。

这里是中国后方的一个铁工厂，

这里是中国后方的一个发电厂！

从这里要准备一切，

从这里要发出一切的伟大的力量！

在宽广的大路中，

望着碧油油的田畴，

我心里欢喜着，

我心里憧憬着，

我想着祖国的现在和过去。

我赞美着

在万山拱抱中，

在广大的原野中，

傲立着的

这座苍老的古城的雄姿。

一边欣喜着祖国的黎明，

一边我在祝福着

这个抗战建国的后方的圣地！

遥望着远远的起伏的山峰，

聆听着时时在震响着的骡马的铜铃，

在宽大的道路上，

我不住憧憬着：

昆明！

美丽的山城！

一九三八年九月二十七日，昆明

秋风里的悲愤

现在，
在秋风中，
你的坟头，
也许只剩了一团衰草；
现在，
已经没有人
敢到你的坟头
去凭吊；
现在，
说不定，
强盗已经把你的坟铲平；
现在，
也许那两年半以前的枯萎的花枝，
腐烂在泥土中，
任凭着秋雨
在淋浇。

在敌人的铁蹄的包围中，
鲁迅老人！
您是不是忧伤呢？

您是不是苦闷呢?
不!
鲁迅老人!
虽然现在离你有万里,
我总是想象着:
你在那里愤怒着,
你的愤怒的火,
在那里,
猛烈地
燃烧!

在那个
成为旧中国的象征的
坟地中,
鲁迅老人,
你孤独地躺着,
我曾经孤独地
在那里徘徊地凭吊着,
我想象着:
你孤寂,
你愤怒!
可是,
现在,
在敌人的铁蹄的践踏当中,
鲁迅老人,
你是怎么样了呢?
你已经没有孤独,
只有愤怒了!

虽然现在离你有万里之远，
我总是想象着：
你在舞着拳头，
愤怒着！
你的愤怒的火，
一天比一天猛烈地
在燃烧！

鲁迅老人！
我想象到你，
总是想象到我们的新生的祖国！
鲁迅老人！
你确是我们新中国的象征！
如同我们的祖国一样，
你从苦难中生长出来，
你过了苦难的一生！
可是，
更不幸地，
在祖国的黎明的前夜，
你竟离开我们而长逝了！
而且，对于我们，
那是一个惊人的意外！
在我们最后的会见中，
你拿着新出的《海上述林》，
欢喜地给我们看。
我记得，在那时，

有伯奇①，

好像还有鹿地②。

你告诉我们说：

健康恢复了。

我问你：什么病？

你说：是二十年的肺结核。

我惊讶：你为什么不告诉人！

你说：只有抵抗，

说又有什么用！

可是，不到半个月，

你的凶耗就传来了。

虽然我在病中，

没有能参加你的葬礼，

可是，我在你的坟头，

很凄凉地，

真不知徘徊有多少次！

可是，在过去，

我曾想象过你的孤独，

而现在，

我却是只想象着你的愤怒！

如同一粒麦种死在地下，

生出了无数的麦棵，

如同一颗炸弹，

爆裂成为无数的碎片，

鲁迅老人！

---

① 伯奇，即郑伯奇（1895—1979），现代作家，创造社发起人之一。

② 鹿地，即日本友人鹿地亘。

你的果实，
已经普遍了全中国了！
在你的抚育下，
全中国，
生出来无数的民族革命战士！
随着祖国的大时代的开展，
一天一天地
在生长，
在健强！
鲁迅老人！
随着你的愤怒的火
一天一天地
猛烈地
在燃烧，
你的欢喜的洪笑
也是一天一天地
猛烈地
在生长！

在游击队的攻袭声中，
在民族革命的号角声中，
在文化队伍的战斗声中，
鲁迅老人！
我想象，
你的英灵，
该是如何的兴奋呀！
可是，伟大的兴奋的日子
还在后头！

鲁迅不死!

鲁迅与我们同在!

在这个日子里,

全国中,

是说不出的悲伤!

在这个日子里,

全国中,

在鲁迅的教训之下,

也是说不出的狂愤!

等到把强盗打到鸭绿江外的日子,

我们要到那荒凉的坟前,

致民族革命的最高敬礼!

现在,

在那荒凉的坟头,

我想象着:

你在凶猛地愤怒着,

你要用你的愤怒的火

把我们的敌人

一个一个地

烧死!

一九三九年九月二十二日,昆明,官渡

赠朝鲜战友

在暴风雨中，
我听见了你的琴声激扬，
在黎明中，
我听见过你引吭高唱，
你怀着一颗火热的心，
你坚定着争取光明的意念，
朋友，
我好像看见
鸭绿江水在你心中动荡！

为东方民族的自由解放，
你在战斗着！
朋友，
我看见了你的姿容，
使我想到了我的冰天雪地的故乡。
我们的家乡是只隔着一道水呀，
如同现在我们只隔一道板墙。
大地是可爱的，
我爱我们的山林和原野，
都是何等可爱的土地呀！

同时我也想到

强盗用同一条锁链拴住了我们，

同时我也想到

在我们的故乡里，我们的战友们，

以一种铁的誓约，

在同一个战线上艰苦地战斗。

在哈拉巴岭上，

在松花江流域，

在鸭绿江边上，

在故乡的到处，

朝鲜和东北的战友们，

是共同地演出了很多的奇迹！

在白雪上洒着无数的战友的鲜血，

朋友，那血是伟大的！

朋友，

你的歌声，在暴雨的夜里，

使我想象到在热邦阿美利加的那个灯台守①！

可是我们祖国不是波兰呀！

我们也不是为别人守着灯塔呀！

我们在为光明战斗着！

我们的灯塔是我们的！

那是东方民族解放的伟大的灯塔！

那是人类解放的灯塔呀！

我们的探照灯照耀着我们的战斗的路，

---

① 灯台守，是波兰作家显克微支小说《灯塔看守人》中描写的革命者，他
流亡到美洲看守灯塔，十分尽职，一次因思念祖国，忘记点燃塔灯而被解雇。

我们的探照灯，是也要照破敌人的阴谋！
我们是一时都不敢懈怠呀！
东方各民族联合在一起，
共同守卫着我们的灯塔呀！
我们的灯塔是伟大的！

朋友，
清晨中，
也看见你的无言的散步，
我像是看见了你的心中的苦闷和狂热，
我知道你的心中的风暴，
我也无言地想起我们的故乡，
那里的雪地上的血迹，
我也是在风暴中见到新的光明。
守卫着我们的灯塔吧！
东方民族解放的灯塔，
是要我们守卫的！
朋友，
我们要紧紧地握着手战斗呀！
在我们的岗位上，
东方各民族的战友们，
无言地或者是高歌地，
是要更热烈地握手的！

一九四〇年十月二十七日于桂林，施家园

给小母亲

离开了丈夫，
离开了孩子，
离开了你的"家"，
你可曾想过没有：
娜拉走后怎样？

热带的风光是美丽的，
有棕榈，
有椰子，
有碧绿的海水，
永久是夏天，永久是绿。
在辉煌的夕阳落下时，
两个无知的孩子，
在欢乐地游戏着，
在青草地上，
也许无言地在心里啜泣；
也许他们都不知道了，
有一个年轻的母亲，
在海的这一边，
为他们在黑夜里流泪！

如同所有的母亲一样，
你是在苦难中生活着的！
现在祖国的母亲都在苦难中，
有的失掉了丈夫，
有的失掉了儿子，
有的望着残废的子女成了疯狂！
一切的母亲在苦难中，
苦难——
就是中国的母亲的形象！

清晨早，
望着西南的天边，
你低吟着……
你想象着什么呢？
是不是在海的那一边也有炸弹声，
在云彩的那一边也有血迹？
强盗的魔焰向南燃烧着，
那两个无知的孩子，
也许将来甚至都不会说祖国的话语！

清晨早，
望着山野的青草，
你在想着什么呢？
是想着为祖国的母亲的解放而战斗吗？
是想着为儿女的解放而战斗吗？
你低吟着，
是不是你看见了那两个无知的孩子

在火红的花丛中向着你微笑？
悲哀在你的心里，
就如同微笑浮露在你的脸上！
那就是一颗苦难的母亲的心！
你用苦业鞭打着自己，
你更艰苦地为母亲的解放而战斗吧！

只有民族解放母亲才能解放！
现在你是晓得了：
新中国的娜拉走出后应当怎样！

　　　　一九四〇年十月二十八日，桂林，施家园

月夜渡湘江

今夜我渡过了这琥珀色的湘江，
远望去是一片苍茫，
在雾影里漂动着往来的小舟，
在空气中浮荡着朦胧的月光。
月光照耀在水面上，
月光也照耀远近的田野和山岗，
它照耀着无数的农村和都市，
它也照耀着辽远的我的故乡。

在故乡是血和肉的搏斗呀，
多少地方都变成了修罗场，
正如同这湘江岸上的古旧的城池，
变成了血肉交织的瓦砾场一样。

在瓦砾中江水流转着，
好像是一滴血一滴泪在动荡，
祖国的过去和未来，
也一滴血一滴泪流动在我的心上。

在我的心里是充满着各种的回忆呀，

如同古老的传说充满着这古老的湘江。
湘江的水今天是阴郁而美丽的，
月色朦胧中使我感到无限的兴奋和惆怅。

随着江水我的心奔驰着，
我看见无数的苦难的田野和村庄，
从长白山一直到大庾岭上，
我好像听见血腥的风在飘扬。

随着江水我的心在驰想着，
这湘江上曾经做过多少次革命战场！
可是这个负载着民族光荣和耻辱的土地呀！
今日在苦难中又发出新时代的火光。

民族革命战争的火焰燃烧着，
从鸭绿江一直到澜沧江上；
从帕米尔高原到东海滨，
多少人为祖国的自由解放在武装。

湘江，在他的古老的姿态中，
也给我们呈露出他的英勇的形象，
今天他是忧郁而美丽的，
月色朦胧中，他好像是松花江一样。

如同在松花江上一样，
我看见多少的火把在高张。
在废墟中是蕴藏着多少复仇的种子，
湘江今天在他的战斗中生长！

今天我渡过了这琥珀色的湘江，
湘江原野上是一片苍茫，
（多少苦难的回忆在我的心上萦回着，）
我战栗地憧憬着他的未来的荣光。

一九四〇年十一月十四日，夜，坪石

寄 慧

多少话，
不知从哪里说起！
如同朝雾笼罩着这北江，
我心里是笼罩着忧郁！
那一天，
怀着一颗漂泊的心，
我离开了你们，
在黄昏中，
在苍茫的月色里，
我离开了你，
离开了立立。
在朦胧的后半夜，
我别了桂林，
在又一个朦胧的后半夜，
我到了坪石。

那一天，
微风吹荡中，
我走上了小溪的板桥，
对着一个远去的黑影呀，

你们现在
是不是还怀着多少记忆！

现在我好像不知道，
是受着命运的支配，
还是为的工作？
多少的任务是要我们担负呀！
在我们的祖国里，
是有做不完的工作。
为什么怀着一颗战斗的心，
同时又感到忧郁和漂泊？
在月夜里，
我渡过了琥珀色的湘江，
湘江的水真是美丽！
我想着这一道水流过你的家乡，
如同松花江流在我的乡里。
我想到它流过岳麓山，
我想到岳麓山的云和月。
我想到它又流到洞庭湖，
又流到扬子江里。
我想到湘江的古老的传说，
我也想到祖国的现在和过去。
我是多么兴奋和战栗呀！
在湘南的山野中呀，
烟雾，迷茫地，笼罩着
祖国的美丽的大地！

坪石是美丽的，

美丽的北江岸上的一条美丽的土地，
从黄昏到清晨，
北江上是堆集着浓的烟雾。
白天，一带晴江，
两岸是依然苍绿。
可是，自然的美丽有什么用，
如果祖国没得到解放和自由！
这里的无限的美景呀，
是使我感到乡愁，
是使我生起无限的回忆！

在这大庾岭的巅顶上，
我对窗户，
望着那苍翠的树林和荒山，
我也想到你，
在那小楼上边，
对着桂林的山野和田地。
对着那美丽的自然呀，
你是不是也感到哀愁呢？
祖国没有得到解放和自由，
对着美丽的自然，
我永远是感不到欢喜和安慰！

那一天，
在谁都要看不见谁的脸面的黄昏里，
我离开了你们，
离开了你和立立，
我怀着一颗漂泊的心，

我也怀着热烈的战斗的意志，
"努力工作呀！再见！"
我听见你是那样地说。
为了祖国的新文艺的建设，
我们已被注定了要用尽最后的一滴血。
现在你已经开始写作了，
可是现在我一边怀着热望，
为什么一边却感忧郁？

如同朝雾笼罩着北江上，
忧郁笼罩在我的心里。
但是，如同太阳撕破江上的浓雾一样，
我要用愤怒的战斗的烈火，
烧破我的忧郁。
慧！请你叫立立大喊一声吧：
"爸爸！给我多吃一碗饭，
"我一个人也要打日本鬼子去！"

一九四〇年十一月十五日，坪石

给郑伯奇的一封信

啊！伯奇！
你向我说：
王独清①来信，
说要回国。

他说中国人向来对他太坏，
外国人对他却好；
但他爱中国人的心日反增加，
外国人的情谊却不敢承受了。

他说不愿在外国再享清福，
他说愿回来与同胞共受艰苦。
啊！他这火炎炎的赤心呀！
直逼得我不得忍住。

啊！伯奇！
你得知艺术的天地的伟大，
你得知艺术的领域宽阔。

---

① 王独清（1898—1940），诗人，早年参加创造社，后为托派。

啊！侮辱艺术的人们呀！
醒醒吧！一同唱歌！

什么是真的诗人呀，
他是民族的代答，
他是神圣的先知，
他是发扬"民族魂"的天使。

他要告诉民族的理想，
他要放射民族的光芒，
他的腹心是民族的腹心，
他的肝肠是民族的肝肠。

啊！外来的东西呀！
它们只能慰我们的悲伤，
不能引我们直直前往；
它们只能做我们的药汤，
不能做我们的膏粱。

我们民族历史的真实呀！
我们民族历史的浩浩荡荡，
我们民族历史的澎澎鼓动，
我们民族历史的放浪汪洋——
唯它们的狂波怒涛，
能引我们到心欲的故乡。

什么是浪漫，
什么是写实，

什么是 l'art pour l'art①，
什么是 l'art pour la vie②，
——这都不是问题！
我们要实现的
是我们祖宗传来的理想的极致。

我们要歌颂盘古的开天，
我们要歌颂轩辕的治世，
我们要歌颂乌江夜里的项羽，
我们要歌颂努力实现的仲尼。

我们要歌颂我们历史的珍珠，
如黄河岸上无限的沉沙；
我们要复活我们祖宗的话语；
我们要彻底我们的鸡犬桑麻。

可诅咒的是假的文明，
可诅咒的是伪的德向；
但，最可诅咒的
是不自觉的艺术的流氓。

他们挂了恋爱的招牌，
他们为登徒子加了黄金的荣冠。
啊！关雎是乐而不淫呀！
但他们尽在淫中贪恋。

---

① 法文，意为"为艺术而艺术"。
② 法文，意为"为人生的艺术"。

不要管他们的时代思潮，
不要听他们的驴唇马嘴。
我们做顽固的人吧！
共来发掘我们民族的真髓。

举起我们象牙的角笛吧！
共唱我们民族的歌曲吧！
啊！伯奇呀！歌！歌！歌！
"民族魂"的真的歌，
是永远的青青长长的绿。

一九二四年十月十七日

（原载一九二五年三月六日《京报副刊》第八十号）

告青年（散文的韵文）

不要看十字街头象牙的殿堂，
不要看低声默坐那里的和尚，
他们不能告诉你们哪里是你们的故乡，
得知你们的故乡即在你们的心头上。

不要看他们的庙里偶像与石神，
不要看他们的武者小路，厨川白村，
不要上了他们一知半解的欺骗，
得努力追求人生的至义与艺术的幽深。

得求神秘的奥妙从平凡的生活，
得知道桑麻鸡犬才是永生的饽饽。
彻底看你们的房间，彻底看你们的书桌，
彻底看你们的房前，院后，你们的父母，
你们的哥哥。

诗歌不是在九霄天外，诗歌就在人间的国里；
北风刮来的黄土，春暖化出的淤泥，
农夫闲话时的心肝，内战时军人的哀泣……
找出来，用最单纯的言语，缀成最新的诗。

要永远看彼岸的茫茫，无限的云山，
要永远看那荒城，古渡，那一片草原。
永远修桥，永远辅路，永远造船……
啊！在人生坊中，谁有权利旁观，望洋浩叹！

得吃好吃的 beefsteak①，香喷喷的大餐，
也得吃熏鸡、酱肉、包子、馒头、八宝饭；
但得用方法吃到你们的肚子里，
做成你们的血液，你们的筋肉，你们的心肝。

不要看向东方不住跪拜叩首的人们，
更不要看向西方不住鞠躬脱帽的人们，
不是同"向左转""向右转"那一样的单纯，
你们要求新的东西，得先换新的眼睛新的心。

青年，回到故园，回到自己的荒凉的故园！
回到故园！捋着苦痛的花，走过了平原漫漫！
不要听路边喊的"苦闷""干燥""文化的"
"风、花、雪、月、天"。
要听自己的心声，升汞水洗出的断续的辛酸。

得知道什么是新，得知道什么是旧。
得知道东西没有新旧，新旧即在你们的心头。
青年，你们须看异国的荣华，你们也得发现
故园的荒丘。

---

① 英文，牛排。

青年，活化了你们的故乡！你们的故乡在你们心头。

一九二五年九月二十七日

（原载一九二五年十一月一日《洪水》半月刊第一卷第四期）

欢迎诗人巴比塞

我们要欢迎一个诗人，
那个诗人就是 H · Barbusse，
现在他是一个革命战士，
可是他曾经作了好些诗词。

那些诗词并不是他的荣耀，
也许回忆起来还惭愧，
他从象征诗人转成写实小说家，
最后他成为革命的作家反战的斗士。

现在他要到我们这里来了，
听说是带着反战的任务。
我们要用诗人资格欢迎诗人，
我们更要效仿他做我们的转变。

世界的风云一天一天地紧急，
我们要理解什么是诗人的天职。
好极了，来了我们的 H · Barbusse，
使我们能更进一步地理解诗人的存在意义。

我们要献出我们的诗人的热诚，

我们更要告诉他这次殖民地上的流血的情形，

我们用我们的诗歌唤醒我们的民众，

我们要我们的诗人去转达到世界各处的弟兄。

我们的诗人 H·Barbusse 快来了，

我们中国的诗人们要去欢迎他。

全国的爱好诗歌的朋友们，总动员吧！

我们来用诗人的热诚欢迎那一位诗人。

一九三三年二月于上海

（原载一九三三年三月《新诗歌》第一卷第三期）

这是你们所造成的伟大的遗训

是白昼，

还是暗夜，

是在灿烂的阳光中，

还是在星空或月夜，

在那滚滚的浊流中，

在那黄泥色的水里，

你们的肉体，

一个个地，

白白地，

胖胖地，

向东漂浮着，

向着海，

向着被封锁的河口。

你们懒懒地漂浮着，

是向着普陀，

是向着扶桑，

还是向着不可知的国度？

你们到底是往哪里去呢?!

是不是河在流着，

你们的心在"铁"着？

是不是你们的心在憧憬着

那被应许的乐土，

那据说是有面包的城市，

还是你们感到人生的空虚，

完成了你们的奴隶的叛逆？

是不是你们只剩了一具尸骸，

还要去到你们的屠杀者的国度里，

要向着刽子手的主人示威？

是不是你们感到王道太"王道"了，

那样离去，才算是完成了人生的讽刺？

对着那滚滚的浊流，

你们，一个一个地，

白白地，

胖胖地，

懒懒地漂动着。

你们是怀着一颗向着光明生长的心

你们还是含着阴惨的回忆？

你们的那颗心呀，

是黑暗的悲凄，

还是白热的仇恨？

在海河两旁的那些矮矮的土房，

你们是不是感到是你们的家乡呢？

那些有雀巢的白杨树，

你们是不是感到是你们祖宗墓坟之所在呢？

那些缭绕的炊烟，

你们是不是感到就是从你们的房顶上吹出来的呢？

那些白发苍苍的老妪，很憔悴地坐在门前，

你们是不是感到那就是你们的母亲或祖母呢？

那一片片的广漠的耕地，

那一片片的平坦的盐田，

那些龙钟的捡粪的老人，

那些脸上灶王爷样的小孩子，

他们在寂静无声地面对着你们，

是不是令你们感到怀乡病呢？

或者，在这时，你们会要回答：

"我们怎会有乡愁，

我们怎会有故乡的回忆，

啊！我们的故乡呀，

怎能令我们忆起？"

——在这时，若是在夜里，

也许会听见羌笛的号角声，

若是在日里，

也许会遥望着敌人的马蹄，

也许是黄沙飞扬着，

也许是朔风吼叫着，

也许是飘着凛冽的雪花，

使你们怀着无言的话语，

面对着人世的沉寂。

也许是落着蒙蒙的细雨，

使你们很伤心地，

望着两岸的稀泥。

这时，也许你们会要说：

"啊！我们的故乡呀，

怎能令我们忆起？

哪里没有清风，

哪里没有明月，

哪里没有穷困，

哪里没有饥寒？

故乡一切同这里一样，

故乡也许比这里还要凄怆。

地文书已经贴在树上，

草根也许已经吃光。

如果是风可以喝，

月亮如果是可以吃，

在我们故乡里也许会已经没有风和月亮。

谁知道故乡里还有没有炊烟？

谁知道是什么人住在我们的土房？

母亲呀，谁知道是不是活着？

我留给她的那些钱，

那是招工人给我的养家钱，

谁知道那对于她有没有用场？

如果是她没有死呢，

她是要不管早晨或黄昏，

不管是暴风雨的夜，

还是澄静的晚夕，

都要遥望着北方，

瞅着她的儿子：

为什么他老没有家信？

为什么这边总没有他的消息？

为什么他总不回一个字呢？

难道说这边寄的信已经邮失？

东庄的张大姑问西庄的李二姨，

前院的赵七嫂也许在她们一起，

她们望着白发的母亲，安慰说：

老三不久总会回来，

他们都是同老三在一起，

他赵七哥已经捎来一个口信，

可是，想到自己的男人同样地没有消息，

她们就要同我的老母一同下泪了！

可是谁晓得还有没有张大姑，

还有没有赵七嫂和李二姨？

啊！怎能让我们忆起来故乡！

啊！我们的家乡呀，

怎能令我们忆起！

谁知道在那里还有没有人烟?!

我们真想象不出呀，家乡的情景，

就如同在那里没有人会晓得

我们现在做了海河的浮尸!"

顺着那滚滚的浊流，

你们一个个地，

懒懒地漂动着，

在阳光的暴晒下，

在阴森的黑夜里。

我们在心中怀着无限的悲苦的回忆，

你们在脑子里怀着同水流一般黄浊的心思。

你们就是憎恨，

你们就是复仇本身，

你们的身上烙着民族没落的烙印！

可是，那是不是有人理会呢？

在两岸旁，

树荫中，或者是黄沙里边，

那些龙钟的老人，

或者是，那些憔悴的孩子，

他们在呆望着你们，

心里头明白，

像是对谁在戒备着。

好像是侵略者的铁蹄的践踏，

使他们失掉了知觉，

连做王八都不敢作声。

他们呆呆地驰想着。

这时，不知哪里像是响起了敌人的马蹄，

或者是，在远远的地方，有军舰驶来的声息。

这时，是鸦雀无声，

这时，只有你们哪，一个一个地漂向东去。

这时，你们的愤恨的火在燃烧着，

这时，你们的愤恨的火，

同被践踏的大自然的脉动，

做成了万籁共鸣的进行的交响曲。

这时，从你们的阴凄的面影，

从你们的无言的话语，

从那滚滚的浊流，

从那脉动的大自然，

给我们唤起了无限的无言的苦闷，

无限的忧郁的沉思，

实际上的敌忾的意志。

这时，你们对着浊流无言，

这时我们无言，对着浊流，

在这种大的沉默中，

燃烧起来呀，

万众一心的，

民族的敌忾的交响曲。

在白昼，

或是，在暗夜，

在灿烂的阳光中，

或者，是星空或月夜，

你们在浊流中，

滚滚地，向东逝去。

你们是在悲叹着，

为衣食做了汉奸，

出卖了民族利益，

还遭了水淹的惨死。

或者是，你们在沉思着，

虽然有一念之差，

但是，悔改却做了你们的洗礼。

你们的死，造成了民族的十字架，

你们的死，给民族留了伟大的遗训。

虽然你们的尸骸，或者是会葬入鱼腹，

虽然人们还要在殉教者身上加以烟鬼的罪名，

虽然你们的无言的沉默，

泄不出你们的那些深沉的苦闷，

虽然你们没有那些长征者的光荣，

永远地会成为人们谈话中尊崇的对象，

虽然你们并不是什么伟大的英雄，

你们仅仅是些个被榨取而后被屠杀的华工，

可是，背起人类的十字架的，是木匠的儿子，

戴在你们头上的，正是殉教者的荆棘的冠冕。

在那条浊黄的河流里，永远是流着十字架，

民族的十字架，血淋淋的十字架，

上面烙印着民族的运命：死！死！死！

死呀！是为民族的自由，还是为民族的没灭？

为民族的自由而死呀！这是在哀痛中你们的叫声。

为民族背起十字架呀！这是你们所造成的伟大的遗训。

一九三七年六月二十九日夜

（原载一九三七年八月《开拓者》诗歌综合丛刊）

卢 沟 桥

讲的是卢沟桥上月半钩，
卢沟桥下水长流。
远望着巍巍宛平城一座，
在近处沙包垒垒堆在桥头。
天边上，胡马奔驰尘烟起，
桥梁上，士兵们怒气冲斗牛。
怎能说固国不以山谷之险？
这卢沟桥是中原屏障，华北咽喉。
天时人和也得要地利，
士兵们愿将骸骨洒卢沟。
这卢沟桥是自古兵家必争之地，
南宋偏安就因为大好天险一旦丢。
哨兵们耀武扬威桥头站，
明晃晃大刀一把竖在桥头。
"卢沟桥就是我们的坟墓地，
谁敢抢要拼个你死我活才罢休。
军人们守土卫国是天职，
甘心退让那才真是不害羞。
不抵抗，失了辽吉黑热东四省，
不抵抗，冀东就归了倭寇。

你看那，多少同胞做了奴隶，

多少同胞做了马牛。

多少同胞被送进牢狱，

多少同胞，挨杀挨砍挨打挨抽。

眼看着华北五省都不保，

大好河山付东流。

日本人得寸进尺贪而无厌，

要把我们亡国灭种才心满意酬。

你看他耀武扬威横行霸道，

你看他杀人放火鸡犬不留。

在我们土地上他可以任意演习打靶，

还要把我们军队刈草除沟。

你看他今天走私明天运白面，

你看他奸淫掳掠连抢带偷。

难道说这里就不是我们的疆土，

难道说我们中国人就得任凭人欺侮！

这真是是可忍来孰不可忍，

越想越气，无名火起，怒气横秋！"

士兵们想前想后话往事，

心里头，真不知有多少恨来多少冤仇。

明晃晃大刀一把握在手，

恨不能长驱直入踏平倭寇，

恨不能一口气冲到山海关外，

看着敌人的鲜血滚滚流。

恨不能鸭绿江上去饮马，

恨不能高竖旌旗长白山头。

眼看着太平洋成了敌人的血海，

眼看着中华民族就要得到自由。

士兵们杀气冲天威风凛凛，

赫然大怒，霹雳一声，震动了卢沟。

按下卢沟桥头士兵们且慢表，

再听我把日本帝国主义叙说一遭：

那日本人旧称倭奴原本是海盗，

在国内群雄割据，是乱七八糟。

只因为明治维新，削藩立宪，

尊王攘夷，才让它步步登高。

它模仿西欧效法先进，

于是乎工业文化蒸蒸日上大可自豪。

想当初清朝皇帝昏庸无道，

才惯得它日甚一日逞凶刁：

甲午年一战被它打败了，

台湾朝鲜都相继被它席卷而逃。

日俄一战让它得到便宜不少，

旅顺、大连、南满铁路，都入了腰包。

欧战中，借端又来攻青岛，

欧战后，它就凌驾欧美，作怪兴妖。

袁世凯称帝万恶滔滔，

同日本鬼子订了二十一条。

日本人得寸进尺越吃越不饱，

于是乎越来越狠，定了好多计笼牢。

哪承想资本主义一天一天崩溃了，

生产过剩，工人失业，越弄越糟。

另方面，苏联国家一天又比一天好，

社会主义的成功，是指日升高。

这一下子，可把帝国主义吓坏了，

于是乎就拿着中国来开刀。

"九一八"在沈阳它开了头一炮，
要想吞并中国好同苏联把兵交。
哪承想事不随心目的难达到，
义勇军蜂起弄得它手忙脚乱没了招。
于是乎它占了冀东又进攻绥远、察哈尔，
孰想到百灵庙匪军大败望风而逃。
帝国主义这一下子又羞又恼，
于是占了丰台，横行霸道在平郊。
西安事变，中国的政治上了轨道，
冀察中央化的声浪，是越来越高。
日本人越迫越紧要订什么协定，
这才故意寻衅，炮轰宛平卢沟桥。
说这话就是七月七号夜里的事，
且听我详详细细说根苗。
一周来卢沟桥畔日本军队演野战，
示威打靶，一心大举要进攻。
从丰台开来了嘉田、市木骑兵两大队，
每天里东西奔驰抖威风。
借故寻衅无端骚扰，
只吓得我们老百姓东逃西窜鸡犬不宁。
我们的驻军心中隐恨不计较，
卢沟桥附近的军队都退进了宛平城。
自以为息事宁人可以苟延残喘，
哪承想日本兵越逼越紧越来越凶。
原来他们大陆政策始终一贯，
要占领中国，进攻苏联，东亚称雄。
是狗不改吃屎，老是那一套，
借口说又有斥候骑兵一名失了踪。

在南京不是曾经说失了领事名藏本，

在上海不是也说失了宫崎一等兵。

谁想到那些人失踪之后重出现，

只落得日本人不要面孔，作傻装疯。

借口挑衅，显系是捏造，

硬说是中国兵开枪自宛平。

原来城门紧闭，深更半夜，

满地青苗，鸦雀无声。

日本人要求搜查要把城进，

这边说深更里骚扰居民是不行。

日本人一边交涉一边调大队，

四五百人马就水泄不通围住了城。

宛平县打电北平请求制止，

双方面派来代表星夜急行。

只曾想认真调查了件事，

谁晓得日本代表又到，要求搜查逞刁凶。

正在争执着，只听东门枪声起，

紧接着西门上就是轰隆轰隆大炮声，

间杂着机关枪声啪啪响，

向着我们士兵民众扫射不容情。

我们的士兵未得命令最初还是力持镇静，

哪承想炮火越来越密，越打越不停。

士兵们忍受不住齐抵抗，

中日两国卢沟桥畔大交锋。

这时候，北平城双方当局吩嘱停战，

双方停止了射击收了兵。

两军中，伤亡是各有一二十个，

紧接着又是一面调查一面调停。

哪承想日本军队伏在河边丛林中还待机射击，

一边借口调查，陆陆续续又发了好多兵。

他要求我们军队撤到永定河西岸，

让出卢沟石桥和宛平。

这时候，冯治安下了一条命令，

吩咐了团长吉星文来营长金振中：

"卢沟桥就是你们的坟墓地，

你们要同宛平共存共亡不怕牺牲。

守土有责，是军人天职，

一步不退，要破釜沉舟誓死守住宛平城。"

于是乎，城门紧闭，满堆沙袋，准备死守，

可是，日本那方面，也是加紧预备，尽量增兵。

一日间断断续续冲突旋起旋停止，

半夜间，越来越紧，卢沟桥上打了冲锋。

卢沟桥上掀起了民族抗战的最悲壮的一幕，

惊天动地，真是民族怒吼的第一声。

七月八日月正中，

午夜里，远树依稀月色朦胧。

卢沟桥下，河里潺潺长流水，

卢沟桥上，不寒而栗起微风。

万籁无声人寂静，

石桥上，威风凛凛站着众弟兄。

众士兵怒发冲冠，实枪待命，

准备着洒血卢沟为国牺牲。

人人精神，各个奋勇，

只等着攻击令下好向前冲锋。

忽然间，耳边只听人马喊，

从东边又是轰隆轰隆炮几声。

日本兵追逼越近来到桥头上，
把卢沟石桥真是围得水泄不通。
众士兵托枪瞄准正待射击，
可是，长官没有命令怎能行。
于是连长走上前去把交涉办，
要向日本军队把事情原原本本问个分明。
哪承想一言还没有说出口，
日本兵一枪就打得连长一命终。
解开了军刀还把脑袋砍下去，
只见那连长人头滚滚落在地流平。
到这里众家弟兄怎能再忍耐，
于是乎一声呐喊扬起大刀往前冲。
卢沟桥上的怒吼，真是惊天又动地，
那些口大刀光芒四射真是不容情，
那好比黑水洋中起了怒浪，
那好比黄海里边刮了飓风。
风起云涌，如钢似铁，往前突进，
又如同黄河决口，真是越来越加凶。
猛虎一般，向着敌人扑上去，
日本人个个吓得魂不附体胆战心惊。
月光中，大刀飞舞，威风凛凛，
只见那倭奴人头滚滚鲜血殷红。
到底是众寡不敌难以支持，
敌人的机关枪不住地啪啪响连声。
众弟兄奋不顾身往前闯，
前仆后继一腔热血为国尽了忠。
这时候，只听得一片杀声震动了天地，
大队人马冲出宛平城。

众士兵宛平西门城楼站，
不由得无名火起怒上升。
大喊一声杀出城去，
向着日本强盗一直冲。
卢沟桥前起了鏖战，
只杀得日本人鲜血遍地尸骸纵横。
众健儿个个英雄人人奋勇，
卢沟桥上大刀飞舞八面威风。
这个说我们直杀到东三省，
那个说我们要冲锋到东京。
这个说我们要给阵亡的弟兄把冤仇报，
那个说我们要为民族独立平等去斗争。
这个说弱小民族要怒吼，
那个说且看我们国旗鸭绿江头抖威风。
这个说民族复兴今日起，
那个说长期抵抗一定成功。
这个说难道中国人都是孱头货，
那个说杀它个落花流水才罢兵，
士兵们呐喊之声震撼大地，
只见那日本残兵张皇鼠窜各西东。
有的在梆梆叩头求饶命，
有的在合起掌来拜神灵。
中华民族精神真是发扬到极致，
中华民族生命真是炸成火花大放光明。
单说一个小兵年十九，
就一连砍杀了一十三个日本兵。
抵抗是终归占了胜利，
卢沟桥头又是大旗一杆迎风招展照眼红。

卢沟桥开了民族怒吼的头一声炮，

最后胜利，是要靠全面抗战长久的斗争。

一九三八年，武汉

（选自《抗战大鼓词》，一九三八年，汉口，新知书店出版）

南国的花火一般的红

南国的花，火一般的红。
铁鹰的银翼，翱翔在南国的天空。
滇池的水，像是在涨。
群山，在光明中，朦胧。
在原野里，刮着八月的微风。
铁鹰的翼膀上，带着飞将军的梦：
在我们的天空，不叫强盗横行！

南国的花，火一般的红。
银翼的铁鹰，振响在万里的晴空。
翠湖的树，像是在生长。
大地，在午睡中，觉醒。
在万山里，燃着八月的热情。
在铁鹰的额上，悬着全民族的梦：
在我们的领土上，不叫强盗横行！

南国的花，火一般的红。
南国的原野里，燃烧着抗战的热情。
森林里边，瞪着愤怒的眼睛。
山谷里边，激昂着复仇的心胸。

在烟瘴中，吹震着动员的号角。

向着太阳那边，集中着四十年的仇恨：

强盗法西斯蒂，我们要把你铲平！

南国的花，火一般的红。

在南国的宇宙中，吹着八月的暖风。

天空中，铁鹰在翱翔。

大地上，热情在沸腾。

每个人，怀着民族解放的憧憬：

保卫大武汉，我们的马德里！

强盗法西斯蒂，我们要把它扫平！

一九三八年十月一日，昆明

一个青年战友的死

一个战友的死，
是最令人伤痛的，
尤其是
在祖国的民族革命的战斗中，
尤其是
当着那个战友还在年轻，
尤其是
当着他在他的病苦中，
还为祖国的自由解放而战斗！

"叶紫①死了！"
"尸骨尚未入土
妻儿已陷饥寒！"
这是一个何等令人战栗的消息！
那使人伤痛，
那使人悲愤！
因为那是活活地
描画出来——

---

① 叶紫（1910—1939），湖南人，作家，曾参加中国左翼作家联盟。

在帝国主义铁蹄下

一个文化战士的命运：

　"在穷苦中生活着，

在穷苦中死去，

而留下了在穷苦中的妻子儿女！"

"叶紫死了！"

那使人伤痛，

那使人悲愤！

因为那是——

在帝国主义铁蹄下

一个青年战士的死！

"疾病——

就是反革命！"

一个青年战友曾经那样说；

可是，

抛掉自己的工作的苦痛，

更是青年战士所不能忍受的。

谁能想象出

什么是一个青年的心，

当在祖国的革命战斗中，

他失去了他的战斗力！

叶紫！

我想象着——

躺在你的病苦的床上，

你该是如何的悲哀呀！

叶紫！

我想象着，你，

躺在濒死的床上，

一方面憧憬着

祖国的光明的未来，

而另一面，

却是很苦痛地

瞅望着自己抛下

自己所要负起的任务。

被迫着抛下自己所未完成的任务，

是苦痛的，

那更是苦痛过

抛下自己的永陷于穷苦的妻子儿女！

叶紫！

你在苦痛中生活着，

你在苦痛中死去！

你的死，

令人伤痛，

更令人悲愤！

因为那是——

在帝国主义铁蹄下

一个青年战士的死！

一个战士的死，

是最令人伤痛的，

尤其是——

在祖国的民族革命的战斗中，

尤其是——

当着新时代的光明一天一天接近，

尤其是——

当着亲眼瞅着他，
面对着革命的最后的胜利，
在病苦中，
苦痛地
抛弃开他所要完成的任务的时候！

一九三九年

健全地活下去

为什么许多人总是想到死?
我总是想着健全地活下去!
我想象着我活到七老八十,
望着祖国的伟大的自然,
赞美着伟大的新中国的生产!

那时候我也许是白发苍苍,
那时候我也许秃得没有一根头发。
那时候我会是怀着一颗祖父的心,
望着新中国的孩子们在读书,在嬉戏。
那时候我也许用着过了时的诗句,
给他们讲着天照应、三江好①的故事。

那时候东北大野里会布满了新的集体农庄,
在冰天雪地中钢铁的锤子要一齐震响。
那时候在宁古塔的湖水里头,
要有比德涅泊尔还要大的水电站。
那时候我们的原野和山林会成为电火的世界,

---

① 天照应、三江好,是当时东北两位抗日义勇军首领的诨名。

在都市和乡村中到处可以看得见
电火中高悬着民族英雄的骄傲的群像。

那时候，
我们有劳作，有安息。
那时候，我们有伟大的文化生产。
我们会要有比荷马史诗还伟大的诗篇。
那时候我们会有新译的普希金、雨果的全集，
用《人间喜剧》、莎士比亚，装饰着我们的图书馆。
在黎明中和黄昏里，
我们可以听见生产战士的集体的歌曲。

为的争取新中国的那一天，
硬着头皮战斗吧！
我们不能想到死！
我们要健全地活下去！
我们要在伟大的新中国里边，
回忆着数十年的抗战建国的战斗，
赞美着伟大的民族的伟大的创造！

一九四〇年十一月四日晚，坪石

北江岸上的歌者

为什么他们弹奏得那么悲凄！
是不是为要使没有家乡的人下泪！
为什么他们老是在那里弹唱，
一点儿都不感到倦意！

三年来帝国主义的铁蹄，
使得多少人奔走流离。
黎明和薄暮中，这江上的烟雾呀，
可曾引起他们的无言的乡思！

帝国主义的残酷的火焰，
使多少人从极北流浪到极南；
想不到这北江岸上的小镇市，
也有了这些流浪歌者的足迹！

一曲未完又是一曲，
好像他们要唱破他们的心事；
为的求到一碗饭，
他们的心是永远得不到安息！

一曲未完又是一曲，
他们的声音是越来越悲凄；
是不是他们要唱出家乡的风和月，
和那纵横奔驰的帝国主义的铁蹄！

也许如同有人想起塞外的白雪，
他们想到了洞庭湖上的芳草萋萋！
也许他们已经忘掉自己的家乡，
忍心地都不去想自己的父母兄弟！

在这荒凉的北江岸上，
他们从清晨弹唱到夜半。
是悲哀的泪还是愤恨的火呀！
为什么他们弹唱得那么悲凄！

一九四〇年十一月十四日，坪石

我并不悲观

我并不悲观，

我并不消极，

我没有失望，

我没有忧伤，

虽然我时常烦躁，

有说不出的苦恼，

如同面对着拖长了的浓雾，

面对着看不见太阳的天空，

面对着潮湿的梅雨。

我的心

始终象是在大庚岭上，

武水岸边，

裹在大晴天前的朝雾里头。

我知道朝雾越发浓，

朝雾越发久，

午后天会越发晴朗，

可是，等得不耐烦了，

心里就非常郁闷。

而且，我同时也知道，

如果太阳出现得过早了，
也许下午会是更昏黑，
会有更闷人的阴雨。

已经十几年了，
悲观对于我没分。
我自己没有忧愁了，
虽然我曾有过忧愁的日子。
因为是世纪末的孩子，
（是有一种穷命的原因吧，
我出生在十九世纪的末日。）
我有过世纪末的悲哀。
我曾经长时间地
沉溺到黄色的悲哀中，
看见过无边无际的黄光
环绕在我自己的周围。
我在古城的腐水的旁边，
也曾深深地体验此悲哀的幻灭。
可是，那一切呀，
现在早已成为过去。

现实是一位良好的教师。
不管你怎么样闭着眼睛，
你也决摆脱不开他的教育，
而且，我是东北大野的儿子。
都市中的幻灭呀，
使我又憧憬的农村，
可是故乡的农村的破产，

真的到令人不堪想象的地步。
一切人都到了死亡线上，
就是帝国主义不来屠杀；
可是，"九·一八"的炮火，
却使故乡根本变样。
从那时起，
我就完全没有了悲哀，
我就完全没有了忧郁！

十几年了，
我流浪在关内，
可是我始终怀着坚定的信心：
我知道人间社会中终有光明，
在义人中终会有自由平等。
我如同沙漠里的修道士似地，
等待着天国的降临，
因为天国终归会降到地上。
我知道，故乡在苦难中生长着，
会在最先得救；
可是，对着浓厚的朝雾，
我却是时时都有难言的烦躁。

十几年了，
我总是希望着，
对祖国的文艺的建设，
献出我的充分的力量，
而我也是始终在那里守着岗位。
我对于祖国的光明的前途，

始终抱着坚定的信念。
我希望，
今后我还要工作到三十年，
为祖国多下上几块奠基的石头……
可是朝雾太浓厚了，
而太平洋的暴风雨，
欧罗巴的闪电，
都令人更感到焦急和苦恼。

我永远不会悲观，
我永远也不会消极；
我感到了空前的烦躁，
也许正因为我怀着热烈的憧憬！
我希望光明早早地来到，
（那是得我们拿出力量去争取！）
因为我急于要看到我们的美满收获，
因为我要求工作。
而我要坚定地工作着，
一直到我的死亡的日子！

一九四四年夏，柳州

我的诗歌创作之回忆

——诗集《流亡者之歌》代序

穆木天

一

"九一八"已经过去两年多了。我同东北做最后的诀别,已经快到三年了。而在这同故乡做了诀别的长时间之后,我把我过去的诗作集拢起来,编成了这部《流亡者之歌》。我,在这时,心里真是有无限的悲哀,无限的酸痛在萦绕着呢。这三两年来,我的故乡的情形,是怎么样了?

倒也从东北来了些朋友,告诉了我一些那边的消息。有的说:"满洲国"的基本已经巩固了,义勇军不久快要被"肃清"了。有的人说:在东北大野中,正流着"铁之洪流",农村的毁灭已到极点,新的生活在到处展开着,动乱是要一天比一天多,随着压迫苦难之一天一天地增加,而反抗也是一天一天地愈趋猛烈的。虽然说法不同,但我心中总像是有几条利刃在挖扎着似的。有时甚至把我刺激得麻木,连一句话都说不出来。总而言之,统而言之,东北的民众,是天天在那里遭屠杀。飞机天天掷炸弹在他们头上,大炮天天向着他们轰击。像"一·二八"那样的大屠杀,在东北是整整地干了两三年了。那么,我的诗人的心又该怎样了?

自从《旅心》之后,外界的各种条件,使我没有唱歌的余裕。

但，自从同东北做了永诀之后，唱哀歌以吊故国的情绪是时时地涌上我的心头。也许是因为找不到适当的形式的缘故，也许是东北的现实的样子，变幻得太出人意料的缘故，我时时压住我的悲哀使它不发泄出来。我总觉得"流亡者"是不应当哭丧着脸似的。能想办法就想办法，不能也应当有一点 stoiquo①的精神。何必哀歌地作"亡国之音"呢。因之，把好多诗情压制住了。

然而，在压制之中，情感终会跳溅出来。所以，偶尔，也作了一两首诗。然而，因为管理加严的缘故，所以最近的这少量生产之中，倒比较客观性多了一些，也不像《旅心》时代那样容易地哭丧着脸似的了。我总是热望着，像杜甫反映了唐代的社会生活似的，把东北这几年来的民间的艰难困苦的情形，在诗里高唱出来。由现在起自己勉励起来。所以从要离开故乡以至于现在的虽止于十首的诗作，也想集起来问世了。或有人依据着这几篇东西给我一个好的指示。

近三年来作的这几首诗，是反映着我的"流亡者"的心情的，因名之为《去国集》。旧日的《旅心》则仍名之为《旅心集》。同时，把未收入该集中的同时代的诗作也集入其内。《旅心集》虽没有同现在不同的情绪，但是那种地主阶级的没落的悲哀，亦是隐含着亡国之泪。如果用透视的显微镜去看，那里是不是也暗伏着"流亡者"之心情？在那种农村没落之凭吊里，是不是也暗伏着帝国主义经济的压迫呢？虽然是代表着两个时期，有他们的不同点在，但，因为反映着一种有机的持续，而且，都是帝国主义压迫下的血泪的产物，所以，总名之为《流亡者之歌》。

二

虽然在1923年就跃跃欲试地想作诗，而我能多量地产生诗歌，则

---

① 法文，此处可译作"克制"。

在1925年。1925年，乃超从京都转学东京，使我在学校里，多了一位作诗的朋友。于是到咖啡店里去的次数似乎比较地多了，关于创作的兴趣也一点一点地浓厚了。《旅心》中的大部分作品，是1925年作的。

虽然，诗的大部分是1925年写成的，而其中的诗感则是1924年暑假期间在伊东的那两个月的生活所培养成了的。那两个月的海滨的生活，给了我不少的兴奋和刺激，而那种兴奋和刺激直造成了我的那些诗歌。那一个近于原始的农村，那一道海湾，那些山，那些水，那些人家，而特别是那一个肥胖的少女，直是给了我深刻的印象，尖锐的刺激，而使我永远地不能忘怀的哟。我追求她，她不理我。以后到了我发现我的旅伴S君和那位少女成为知己，天天出去漫步的时候，我真是忍无可忍了。我没有别的，我只有沉痛地唱吟我的哀歌。那一次失恋，使我认真地感到自己的没落和身世凄凉了。

本来，我到伊东海岸去避暑，是S君拉我去的。1923年和1924年，是我一生最不幸的年头。封建势力极其巧妙地来包围我，节节地向我进攻。我向来所抱的理想幻灭了，感到了人生之无出路。有时，甚至想自杀以解脱自己。S君是我的一个最好的朋友，那是我至死都不能否认的哟，叫我到伊东海岸上休息一下，转换转换精神。可是，伊东的数月生活，更是使我苦上加苦，愁上加愁，而至于直感到自己的必然的无出路，决定的没落来了。

S君，薄暮中，总是同那位少女慢慢地散步的。在林中，在其间的道上，在河边，在桥头，在山谷中，在田地里，他们慢慢地走着。那位肥胖的少女是特别地具有着一副清脆的声音。在暮色朦胧中，她是轻快地，断断续续地，唱着她的歌曲。晚风，软软地，不绝如缕地，把她的歌声吹送到各处。她那种歌声，则是我所憧憬的对象，我的心向的所在了。每天晚上，我是一个人追逐着她的歌声。我不愿意离得它太远，也不愿意离得它太近。我更不愿意同他们俩一同散步。我就是愿意一个人不即不离地追逐着她的歌声。有时，就是她没有在唱歌，我也觉得像在什么地方有她的声音在荡动着似的。那里寄托着我的悲哀。同时，那种追逐成为我的每日的享乐了。

然而，也终有忍不住的一天的。是什么原因，我记不得了。那天，在夜里，我在楼下温泉里洗了一个澡。时间，大概还不过一两点钟。随后穿上我的那件大学生制服，我就跑出去了，跑到海滨，望着远远的渔火，听着微风吹来的声动，顺着平滑的沙路，顺着太阳要出来的方向走了下去。爬山越岭，经过网代到了曾经游过的热海。然而，到了热海，旅途上的疲倦，以及别无他处可去的直感，使我不得不转回头来。于是乘着晚班的火轮船又折回了伊东。到了寓所，房东的老太婆和那位肥胖的小姐以及S诸人告诉我说日间找了我好久，山巅水涯都找遍了，以为我是自杀了。我只是笑了一笑。《我愿……》那首诗，就是那天海滨上所得到的印象。

伊东之两个多月，使我感到没落，感到深的悲哀，使我感受了哀歌的素材。同时，在伊东，我读了诗人维尼（Alfred de Vigny）的诗集。那两月间，好像是决定了我的做诗人的运命了似的。

三

我为什么怀到了很多的理想，为什么感到那么深的悲哀呢？伊东的两月间，只是一个引子，只是使我痛感到我的没落罢了。原因，自然是要从我的全部生活去说明的。我是没落的地主的儿子哟。

在我的祖父的时代，我的家庭是我们的县里的数一数二的人家，良田百顷，还开着好多的店铺，是素以"占山户"自豪的。然而，生意破产了，因之，家也析居开了。据祖母说："是因为开烧锅烧坏了。"在我的父亲的那一代人，除了我的父亲之外，是没有一个不抽大烟，不赌大钱的。我们这一支，我父亲是一个独生子，破产的时候，尚年幼，幸赖着祖母的经营和亲友的助力，所以还余得几顷祖遗的田产，得以温饱。但是，没落的家庭总是希望中兴的，总是不忘过去的黄金时代的。我是长孙，于是，祖母就把一切的希望放在我的身上了。她老人家常指着我说："这个孩子天分还不坏，人说我们家里坟上有贵人牵马，主出一个翰林，大概就该是在这个孩子身上了。"接着，她又叹息着说："就怕他的祖宗无德，他的×伯父中了府案就得了病，死了。"家里请先生教我读书，我，虽小，也是自命非凡似的。一个人就着塾师读着书。但是，眼睛每天所看见的，就是我们所住的久不修理的破烂烂的大房子和满园蓬蒿的大院子。我只知道安分读书，就是莫名其妙地知道读书好。可是我是没看到什么有生命的东西。

我的没落的家庭突然间像是起了变化似的。那是在光绪三十二年（1906）之后，我上学读书的第二年，日俄战争之后，大家都到大连湾去做豆商，于是，我的父亲也被拉到大连湾去做"老客"了，日本的资本主义之发达，大连湾之繁荣，也使我们的家庭获得了不少的利益，沾到了不少的光荣。于是，久年闭锁的油坊也重开了，院墙也重新修理了，许多的房子也翻新了，好多铺房也租给人住了。昔日荒芜满目的大院子也天天有好多人运粮运草，有好多车辆出入了。家中生活好像是宽裕了好多。而正在这种情形之下，我入了中学。

由吉林中学转入了南开，那是我的16岁的时候。在南开快毕业时，国文先生叫我升学入文科，而理科先生叫我入理工科。在"五四"的前夜，胡适也曾在南开做过"新国家与新文学"的讲演，《新青年》也在我们的学校内相当地流行，可是文学终未有给我过度的引力。实在，我是把文学看作雕虫小技了。我对于理科是具有相当的才能的，而特别地是对于数学我具有天才。高小的数学，是我在私塾自己悟会的。在南开时，在数学的领域上，我确是出过风头，使同学们为之骇异。在那"五四"的前夜，中国，借着欧战方酣，帝国主义无暇光顾次殖民地，而风起云涌地，发达起了自己的资本主义。于是，产生出来新兴的工业布尔乔亚氾，同封建的集团做起了决死的斗争。在这种新文化的潮流中，大部分头脑好的青年都狂风怒涛般地要投身于工业界里。新的青年，大部分地，不是要做实业家，就是想做工程师。于是，自然地，我也要做这个资产阶级的幻梦了。我就是抱着这种幻梦到了日本。

十个月的准备，容容易易地考入了东京第一高等，我的志望，是不学化学，即学数学。但是，不幸地，我的眼睛使我不能制机械图。这怎么办呢？我的眼睛不许可发展我的天才了！于是，只得改行换业了。学商呢？我当时又憎恶商人，说那是"奸商利徒"。学政治法律呢？我又最憎恶做官。而正在这时，"五四"的文学运动的怒潮袭到我的心头上来了。当时更认识一位名物：田寿昌。那或者给了我一点影响都不定。因之，觉得干文学也是一条出路，虽非己之所长，也就不得不转入这一途了。

当时，对于新的自由诗虽表示拥护，但是，最关心的，则是布尔乔亚的新样式（Genre）：小说。记得有一次我发过誓，此生只写小说，不写别的。但终没有写过一篇布尔乔亚的小说。"创造社"成立，我虽被加入为发起人之一，可是，在《季刊》上，只写了一篇散文诗：《复活日》。那是模仿王尔德（Oscar Wilde）的。1920年遭了父丧，家境渐趋零乱。同时，日本资本主义在欧战后已到熟烂期。在这个时期，我也没有了1918年前后那样的斗争情绪了。于是从阳气变成忧郁的，由冲击的变成回顾的。京都的三年生活，只是看到伽蓝。这时，在我的意识中，布尔乔亚的成分渐渐变为小布尔乔亚的成分了。一方面回顾着崩溃的农村，一方面追求着刹那的感官的享乐，蔷薇美酒的陶醉。于是就到了我久已憧憬着的东京了。

四

东京，在我进大学的那年夏天，发生了大地震。在10月间，由故乡吉林回到了东京，东京只剩下一片灰烬了。残垣破瓦，触目凄凄。可是，在当时我的眼睛中，反觉得那是千载不遇的美景。就是从那种颓废破烂的遗骸中出去，到了伊东。而从伊东归来后，也是在那种零乱的废墟中，攻读着我的诗歌。我记得那时候，我耽读古尔孟（Remy de Gourmont）、萨曼（Samain）、鲁丹巴哈（Rodenbach）、万·列尔贝尔克（Charles Van Lerberghe）、魏尔林（Paul Verlaine）、莫里亚斯（Moreas）、梅特林克（M. Maeterlinck）、魏尔哈林（Verhaeren）、路易（Pierre Louys）、波德莱尔（Baudelaire）诸家的诗作。我热烈地爱好着那些象征派、颓废派的诗人。当时最不喜欢布尔乔亚的革命诗人雨果（Hugo）的诗歌的。特别地令我喜欢的则是萨曼和鲁丹巴哈了。从这里也可以看出来我那种颓废的情绪吧。我寻找着我的表现的形式。在飞鸟山公园里，暮色迷茫之下，俯瞰着王子驿，不由得，我想起来那首诗，一首是《我愿做一点小小的微光》，一首是《泪滴》。然而，终不能把我的感情尽量地表现出来。

1924年冬，因事，又去回到吉林住了几天。故乡的冬景，特别地，引起我的憧憬。而那年，雪是特别地大。大雪之后，山上，路上，人家的房上，封了冰的松花江上，特别皑白，令人爱赏，令人凭吊。这种风景，特别地，在江岸上的天主堂里钟声一响时，直是引起人的感慨无量了。在那种氛围中，我作了《江雪》。翌年春正月，到了北京一次，凤举、启明诸兄把《泪滴》和《我愿做一点小小的微光》两篇，在《语丝》上给发表出来。他们更给我吹进了好多勇气。于是，在我折回了东京之后，诗就陆续不绝地产生出来了。不忍池畔，上野驿前，神田的夜市中，赤门的并木道上，并头公园中，武藏野的道上，都是时时有我的彷徨的脚印。而在那种封建色彩的空气中，我默默地低吟出我那些诗歌。

在细雨中，在薄雾中，在夕暮的钟声中，在暗夜的灯光中，寂寞地，孤独地，吐出来我的悲哀。昼间，则去茶店喝咖啡，吸纸烟。每天，更读二十分钟的诗歌，找一两篇心爱的作品，细细玩赏。在这种印象的、唯美的空气中，我直住到1925年的冬季，而以后我则住不下去了。

为小资产阶级化了的没落地主的我，一边追求印象的唯美的陶醉，而他方，则在心中对于祖国的过去有了深切的怀恋。同伯奇论过"国民文学"，想要复活起来祖国的过去，可是启明一再地予我以打击，于是，在无有同情者援助之条件下，默默地，把自己的主张放弃了。现在回想起来，当时的情绪，则是传统主义的了。这种传统主义的情绪，最初的表现是《江雪》。其后，如《野庙》《北山坡上》《苏武》《薄暮的乡村》《心响》《薄光》等作，都是多少具有这种传统主义的气氛的。而就是在《不要看十字街头象牙的殿堂》那首诗中，也是深深地残留着传统主义的成分的。

东京的生活，实在令我再忍受不下去了。我，那时，略略地，读着拉佛尔格（Jules Laforgue）希图得着安慰，得着归宿。可是，怎么样呢？我成为德娄尔莫（Jorephe Delorme）一流的人物了。我失眠，我看见什么东西都是黄的。我非常地爱读圣伯符（Sainte Beuve）的诗歌。他的《黄光》（Ie Rayon jaune）影响出来我的《薄光》。那年之末，印象主义被发展到极端，成了"苍白的钟声"和"朝之埠头"。而同时我的悲哀，我的失眠，以至于使带三分狂气，在《鸡鸣声》那首诗（形式，当然是独清的《从咖啡店出来》那首诗暗示给我的）中，是反映出来我是如何地狂乱了。在《猩红的灰黯里》，我不是既歌唱出来那"吮不尽了，猩红境中，干泪的酒杯，尝不出了，灰黯里，无言的悲哀"了吗？《鸡鸣声》之后是再也写不出什么诗来了。东京的生活是叫我再也忍受不下去了。

到了广州，到了北平，一切都是空虚的。以后，再不能多量地生产了。广州只产生《弦上》等三首。北京只产生了《薄暮小曲》等两首。而其中似相当地有硬作的成分。好像那一个园地已被我耕种完了。不是不可再生产东西，然而不会生产再好的东西了。

以后接着就是数年的沉默，直到重回到吉林之后，知道东北的农村破产，日本帝国的铁蹄是一天比一天逼紧地向我们头上践踏，我是守着沉默的。我自己掘了自己的坟墓了。虽然诗中隐伏着无限的血泪，但是，我只是回顾，没有向前看去，没有想从现实中去求生活。

五

从北平漂泊到墙子河畔，从墙子河畔又回到北平。在那个短的期间所接触的印象中，使我感到有什么危机快临在头上了。1929年夏，回到故乡的新设的大学里教书。那时，我越发地深感到世界变样了。故乡的情形，已不复旧观了。有些地方，似有些进步，而有些地方，确是大可令人担忧的。

吉敦铁路修成了，蜿蜒地，在奔驰着的松花江上，架上一道大铁桥了。汽车也似乎是多起来了。从得胜门到北山已修上了柏油的马路了。在北山上，已高高地耸起一座自来水塔了。江桥和水塔，在那座古城中，呈出来近代的伟大。听说吉海铁路不久完成。听说那年乡村得庆丰收。冷眼一看，吉林社会似乎是进步了的。然而，过了不久，我又看出来另一方面的现象了。

好些亲友，在吉敦铁路局里做事，因之，一边为得玩景，一边为得访友，我到了蛟河，去过敦化。我瞻仰了老爷岭的崇山峻岭，我瞻仰了黄松甸上的一望无边满目青葱的黄松树。我看见了奶子山的黑油油的煤块，我看见了长白山的直径有五六尺的木材。东北的宝藏，真是"名不虚传""耳闻不如眼见"了。可是在我对着这些宝藏叹美之际，我的朋友们告诉了我吉敦路的各种纠纷，帝国主义者如何地占有了吉长路，吉敦、吉长是如何地成了南满铁路的培养线，中国的木材业是如何地渐归完全破产，吉敦路的收入如何地连借款利息都不够。我们就不禁浩叹起来了。接着，我们谈到农村都市之各种破产情形。而那种情形，在我的眼睛里，越发地暴露出来了。有人从乡下来，告诉我农村大不如昔了。并不是"米珠薪桂"，而是，粮食卖不出钱来。丰收确是丰收，可是农村越发地贫穷了。卖地的多了，可是受主没有。钱利高了，可是没有放债的。种地的人家也走不起车了。只是雇工人，还好，每年钱挣得多了。一个雇工人，是比一个小学校教员挣得还多得多。那年冬，因为，日金是一日千里地往上涨，好多商店就不得不关门了。

转过年，就是1930年了。1930年，吉林社会里，越发地呈出紧张的现象。吉海与吉敦的接轨问题，引起社会中的很大的注意。南满铁路屡屡地开会议。帝国主义者，更变本加厉地来干涉压迫我们。东北遍地是日本的药房、当铺，卖的是枪械子弹，是鸦片、吗啡。所以东北在那时是遍地土匪。在那时，打吗啡的，是不可胜计，有的人甚至把骸骨抵押给药房，换得吗啡以陶醉自己。而日本人贩卖吗啡的消息，东北的报上是一向不准登载的。以先，只干涉我们的日报，现在又干涉起我们的学校刊物来了。吉林大学春蕾社几个人所筹划的《鲜民研究专号》，不知道为什么也叫帝国主义知道，于是他们就提出抗议叫我们的教育厅预防地禁止了。满铁，在1930年，因为吉海路的通行，"赤字"一天一天地增加。在1930年的下半年，东北已呈现出来"弓在弦上"的情势，一般人谁都似预感出战乱有一触即发之势了。

而且，在另一方面，奉系军阀的铁蹄更践踏在吉林民众的头上。虽然，大部分人，是敢怒而不敢言，可是，每一个压迫是播了一个种子了。"醉鲜饭店""俱乐部""大老徐"……在各个的印象上，都令我们感到有白刃对着我们。我们都感到快要亡国了。而"亡省之苦痛"是也令我们忍受不住的，因为太久了。我们想办一所小学校都不可能，而他们呢，则是尽量地刮地皮，养了好些通匪而且公开绑票的保卫团。往事真是不堪回首！想起来是如何地痛心哪。"国语文"都在违禁之例。因为学生看《白屋文话》，一个中学校都被查封了。这一类的事情，真是数不胜数。于是，安分教书的我亦忍不住了。秋天，"永吉影戏院"遭了火，一夕烧死了百数十人。警察消防立视不救。这该是如何地痛心的一件事呀。学校学生叫我作了一副挽联。我挤出如下的一副东西来：

警察说人头真好看，消防说快救财政厅，一晚间竟牺牲那些人命，处此封建社会，谁说非势所必至？

报纸里无丝毫哀悼，官府里只记过塞责，满城中笑谈着这场惨剧，在彼野蛮人群，原来是理有固然！

这一副挽联是使吉林的好些朋友叫快的。然而，仅仅地叫快，又能怎样呢？那些奉系军阀现在大部分是做了"满洲国"的高官了。

到了冬季，吉林的农村越发地破产了。"九一八"的前兆越发地显露了。吉林的生活，再忍不下去了。于是，在年末，向着故乡致了永别的敬礼，我一个人就走上我的长长的旅途了。因为想离开教员生活，转到卖文的生活的方面来，所以就漂泊到南方来了。到了上海，不到数月，就听到"万宝山事件"。不久就是"九一八"了。

六

虽然处在都市中心，不能亲睹东北的惨状了，但是，或从报纸上，或从朋友的口中，是总得彼方的一点消息的。我心中时时酸痛。趁着我还有声音，叫我时时地唱《流亡者之歌》吧。可是，现在的东北究竟是怎么样了？

1933年11月18日

（原载《现代》第4卷第4期，1934年2月1日）

穆木天：诗人、诗歌评论家、翻译家

穆立立

穆木天在1965年

穆木天（1900—1971），原名穆敬熙，学名文昭，字幕天，后改称木天。吉林伊通人。诗人、诗歌评论家、翻译家。1926年毕业于日本东京帝国大学。同年回国，先后在中山大学、复旦大学、同济大学任教。1931年在上海参加左翼作家联盟，任诗歌组负责人。抗战期间辗转于武汉、长沙、昆明、桂林等地，积极从事进步文化活动。曾任桂林师范学院、吉林师范大学、北京师范大学教授。

主要著作有诗集《旅心》《流亡者之歌》《新的旅途》等；诗论《诗歌与现实》《徐志摩论——他的思想和艺术》《郭沫若的诗歌》等。译著有巴尔扎克的《欧贞妮·葛朗代》《夏贝尔上校》《巴黎烟云》等。

诗人、诗歌评论家、翻译家穆木天心系国家、民族，一生以诗歌为武器，唤醒民众，共同抗日；宣传和平、民主，迎接新中国的诞生。他终生从事教育，甘愿做一座桥梁，将青年渡上民主、科学之路，并将外国的优秀的作品和先进的思想介绍到中国。他终生辛勤劳碌，无怨无悔。

"东北大野的儿子"和"世纪末的悲哀"

穆木天1900年3月26日诞生于吉林省伊通县靠山屯。据说，穆家先人从河北逃荒至此，逐渐发迹，虽曾一度衰落，但在穆木天出生前后，家势再起。幼时，家里请了位先生教他读书，后来考入伊通第一小学，1914年进入省城的吉林中学。穆木天一直以成绩优异、才能杰出而著称于学校和乡里。当时吉林市有四位被认为颇有才气的青年学子，他们的名号中都有个"天"字，因而被人们称作"吉林四大天"，穆木天就是其中之一。

穆家并非官宦之家，没有太严的家规，因此童年的木天常和村中的小伙伴到田野中去踏青，去河里摸鱼虾，和族中大哥到雪林中去捕山雀。他还常到油坊里听油匠们说古道今，到街上去看驴皮影、太平歌，还能看到《小八义》《小西唐》《响马传》这样的杂书。木天的祖母还经常找邻居大伯来说上几段书。穆木天对诗歌的灵性以及对民族文化的理解正是在东北大野肃杀、绚丽的自然风光和极富生命力的乡风民俗中萌芽成长起来的。因此，他曾把自己称作"东北大野的儿子"。

靠山屯邻京师—盛京—吉林的御道，离大孤山驿站仅28华里。是伊通州北部的一个重要市镇，居民中跑旅顺、大连、海参崴（今称符拉迪沃斯托克）的人也不少。因此，这里消息并不闭塞。从江东六十四屯大惨案，到《马尾条约》、八国联军火烧圆明园、庚子赔款等事件，几乎是尽人皆知的国耻。这样的时代条件对穆木天的一生都有深远的影响。因此，他也曾说自己是"世纪末的孩子"，有着"世纪末的悲哀"。

1915年10月，穆木天插入天津南开中学二年级就读。在南开的环境里，除了继续感受从世纪末就笼罩全国的"亡国灭种"危机意识外，少年穆木天又受到了新世纪的洗礼，产生了科学救国的抱负。他也确有数理化方面的才能，特别是在数学方面，不仅成绩优秀，还写过一篇题为《对于代数学之管窥》的短文发表在《校风》上。其中论述了代数作为一门基础学科的重要意义和特点。具有数学思辨能力的头脑，也许正是他日后涉足文学理论研究和诗歌评论的原因之一。穆木天国文课的成绩也是突出的，作文经常获得优胜，在校内颇显锋芒。1916年上半年，穆木天加入了以周恩来为首发起成立的学生团体"敬业学会"，并在《敬业学报》编辑部担任职员。1918年他还在《校风》编辑部负责译丛部的工作，在《南开思潮》编辑部担任论说部主任。他还以穆敬熙或幕天的署名，在这些刊物上发表了《聂国瑞君被难记》《格物家之心理》《幕天席地舍随笔》等多篇文章。在南开学习的两年零八个月，似乎是为后来穆木天的文学生涯做了一次预习。而"东北的大野"的命运和"世纪末的悲哀"就像是心中的烙印和胸前的十字架，一直伴随着他，使他在人生道路上不得安宁，不能止步。

旅人的心

1918年7月，从南开中学毕业后，穆木天回吉林考取吉林省公署蒙旗科的官费留学，前往日本，1919年夏考入东京第一高等学校特别预科。他本打算学数学或化学，但由于高度近视，不能制图，不得不于1920年转入京都第三高等学校文科学习。

1921年春夏之间，穆木天参加创建"创造社"，是七个发起人之一。同年10月在《新潮》（3卷1号）上发表了他的第一篇译作——王尔德的《自私的巨人》，接着在1922年初出版了《王尔德童话》集，年底发表了他的处女作散文诗《复活日》。1923年4月，穆木天考入东京帝国大学文学部法国文学科学习。他在此攻读的一段时期，被认为是帝大法国文学专业的第一次黄金时代，教师阵容强大，学生中佼佼者甚众，而穆木天依然秀于其中。他用法文写的毕业论文《阿尔贝·萨曼的诗》，深得导师的好评。

在日本的那几年里，穆木天先后有过三位过从较密的朋友，那就是田寿昌（即田汉）、郑伯奇和冯乃超。田寿昌似乎对穆木天改学文科有过影响。1924年在讨论国民文学时，穆木天曾满怀热情地写道："共唱我们民族的歌曲吧！啊！伯奇呀！歌！歌！歌！""'民族魂'的真的歌，是永远的青青长长的绿。"几乎是与此同时，更准确地说，是在1923年进入东京帝大以后，随着法国文学的潮流，穆木天又沉入了象征主义的世界。他如饥似渴地大量阅读萨曼、鲁丹巴哈、魏尔哈林、波德莱尔等象征派、颓废派诗人的作品，在对祖国历史的深深缅怀中，同时又在追求印象的唯美的陶醉，寻找着自己的诗歌表现形式，考虑着中国新诗应有的表现形式。正好，1925年冯乃超从京都帝国大学转学到东京帝大，也正对写诗感兴趣，并想闯出条新路子。很快，穆木天和冯乃超就相识并成为知交。穆木天常到冯乃超所住的中国基督教青年会去。那里是个微型的唐人街，有一个小小的图书馆，经常有一些来自国内的新书刊，还可以吃"中华料理"。穆木天和冯乃超经常在一起谈诗，有时在他们的住所，有时在一家小小的音乐咖啡厅里，似乎象征主义的音乐也能给他们某些启发。

在1924年到1926年前后，可说是穆木天在诗歌创作和诗歌理论方面思维极为活跃的时期，他陆续写了一些带有传统主义成分的诗作，如《江雪》《苏武》《心响》等，以及象征主义的《泪滴》《水飘》《薄光》《雨丝》《苍白的钟声》等。在诗歌理论方面他还在创造社的刊物上发表了《写实诗歌论》《法国文学的特质》《维尼及其诗歌》等论文。特别是1926年3月刊登在《创造月刊》上的《谭诗——给郭沫若的一封信》，更是穆木天诗论中的一篇力作，被认为是"中国现代诗论史上的重要文献"，是为"中国象征主义诗歌理论奠基"之作，是穆木天在对"五四"之后的新诗作品进行了深刻剖析的基础上，对新诗歌的艺术特质和艺术美的问题进行的探索、思考和理论上的总结。

虽然穆木天一度沉溺在象征主义的世界中，但他心中的"世纪末的悲哀"和西方的"世纪末的悲哀"却是完全不同的。因此，与此同时，他又是主张国民文学的。即使是那本被认为是象征主义的《旅心》集，穆木天也自认为其中"亦是隐含着亡国之泪"。在诗中他怀念着神州禹域光荣的历史，想象着苏武的坚贞、寂寞，呼喊着："飘零的幽魂，几时能含住你的乳房？几时我能拥在你的怀中？啊！禹域！我的母亲。啊！神州，我的故乡。啊！几时能看见你流露春光？啊！几时能看见你杂花怒放？神州！禹域！朦胧的故乡！几时人能认识你灿烂的黄金的荣光。"面对着"异国的荣华"，他却魂系"故园的荒丘"。东京帝大毕业后，穆木天立即启程回国。临行前他把自己在创造社的工作交给了冯乃超。

1926年4、5月间，穆木天先在广州中山大学任教。1927年4月他的诗集《旅心》由创造社出版部出版。诗集中。他把自己看作是"一个永远的旅人"，吟咏着："旅人呀！前进！对茫茫的宇宙。旅人呀！不要问哪里是欢乐，而哪里是哀愁。"这是穆木天诗歌创作第一个阶段的结束，也预示了他在自己的生命旅途和诗歌道路上将永远向前追寻。

新的旅途

1927年和1928年，穆木天曾先后在北京孔德学院和天津中国学院任教，但都不得其所。他感到自己的诗情枯竭了，写不出诗来了，只翻译了纪德的《窄门》、维勒特拉克的《商船坚决号》等作品。

1929年夏，穆木天回到故乡吉林市，在新成立的吉林大学任教并在毓文中学兼课。教学之余他走访了家乡的许多地方，到过蛟河、敦化等地。他看到了巍峨险峻的老爷岭、郁郁葱葱一望无边的黄松甸，见到了奶子山黑油油的煤块、长白山直径五六尺的木材……这一切使他为家乡山河的壮丽和宝藏的丰富赞叹不已，更使他对日本帝国主义的掠夺、封建军阀统治的黑暗无比痛心和愤怒。于是，穆木天的诗情就像一颗在风中飘荡的种子，一下子落入了适宜的土地，汲取了充分的营养，开始蓬勃生长。在1930年作的那首《写给东北的青年朋友们》中，他呼喊着："到处是民众的苦难，到处是民众的凄惨，朋友，睁大了我们的眼睛，睁大了眼睛看我们的目前。……看吧，到处是土绅土匪；看吧，到处是吗啡鸦片；看吧，各地方的满洲银行……看吧，私贩军火的外国药房；看吧，那些化装的调查团；……看吧，是谁占领了吉长、吉敦铁路，看吧，是谁酿成了本溪湖事件。朋友，这些事哪个不需要我们调查，朋友，这些事哪个不需要我们表现。……"这预示着穆木天的又一个诗歌创作高潮的到来。此时，他还翻译出版了苏俄作家赛甫琳娜的《维里尼亚》和涅维洛夫的《丰饶的城塔什干》等作品。它们属于我国最早一批介绍苏联现实生活的译作。

在吉林教书时，穆木天不仅课下在学生中宣传进步思想和左翼文艺作品，而且每堂课开始的前十分钟左右，他总要对时政抨击一番，上至蒋介石，下到张作相，无不给予鞭挞，因而受到当局的注意。1930年年末，穆木天被吉林大学解聘，当时日本帝国主义并吞东三省的狼子野心已经是箭在弦上，于是他不得不与"烟雾沉沉的故乡"诀别了。在离开东北的途中，穆木天写下了《别乡曲》《奉天驿中》《啊！烟笼罩着的这个埠头》等诗篇，表达出心中的悲愤。

1931年1月穆木天抵上海，随后很快就参加了左翼作家联盟的活动，成为左联创作委员会诗歌组的负责人。在左联领导下，他还做过对外国士兵的工作，一度担任过宣传部部长，并陆续写出了《扫射》《在哈拉巴岭上》《守堤者》《江村之夜》《歌唱呀，我们那里有血淋淋的现实！》等诗篇，反映了东北人民深重的苦难及在血泪中的奋起和斗争。

同年3月，与穆木天同住在法租界一套弄堂房子里的李姓青年被捕，累及穆木天也被捕入狱。丁玲、刘芝明请了史良等作为穆的辩护律师，穆最后被宣判无罪出狱。在狱中穆木天萌生了加入中国共产党的要求。

1932年的"一·二八"战事期间，穆木天和一些诗人朋友废寝忘食地在上海街头张贴、散发宣传抗日、支持十九路军的诗抄和传单。

1932年夏秋之际，穆木天被批准加入中国共产党，并参加了左联为新党员办的训练班，在训练班讲党课的有华汉（阳翰笙）、彭慧、耶林等。共同的理想和志趣，使穆木天与彭慧相爱，并于1933年春结婚。

1932年9月，在任钧的倡议下，经左联批准，由穆木天牵头，与杨骚、蒲风等共同发起成立了中国诗歌会。诗歌会最早的成员还有艾芜、宋寒衣、林穆光、黄叶流、柳倩等。1933年2月，中国诗歌会出版机关刊物《新诗歌》，穆木天以同人名义为该刊写《发刊诗》，宣告该会的创作主张，倡导诗人要"捉住现实，歌唱新世纪的意识"，要反映"压迫、剥削、帝国主义的屠杀"和"反帝、抗日，那一切民众的高涨情绪"，并使用"俗言俚语"和"民谣、小调"等形式，使"诗歌成为大众的歌调"。同年，穆木天还与刘芝明一起从事援助东北义勇军的救亡工作。他们联络宋庆龄、沈钧儒、史良、何香凝、柳亚子等，组织了国民御辱自救会，穆任秘书长。为时不久，他又被左联召回，继续领导诗歌组和中国诗歌会的工作。

这个时期，他写了一系列诗歌评论，如《诗歌与现实》《关于歌谣之创作》《关于〈罪恶的黑手〉》《关于〈卖血的人〉》《王独清及其诗歌》《徐志摩论——他的思想和艺术》《郭沫若的诗歌》等。特别是关于郭沫若、王独清和徐志摩的三篇评论很有分量。穆木天是运用马克思主义文艺理论进行评论的。由于他有文学功底，自己又是搞创作的，有实际体会，所以能理解作品，理解作者，而且从对诗歌的多重价值要求出发，因此文章写得深刻，能具体分析，不教条，不简单化，相当公允。

1934年7月，穆木天再度被国民党反动当局逮捕。被捕后，他没有暴露自己的左联成员身份以及在左联担任的职务，更没有暴露自己是共产党员。为应付警察当局的审问，他仅以一个普通文化人的身份，写了一份关于个人文艺观点的材料（其中既没有提到左联，更没有提到党），内容基本上是正确的，但写得比较含蓄。文化水平不高，更搞不清文艺理论的国民党警察当局，从中看不出什么问题。此时，穆木天的老友郑伯奇（当时在良友图书公司任编辑）请经常给《良友》画报供稿的青年画家黄祖耀（即黄苗子）向有关人士做了疏通，不久穆木天获释。穆出狱后受到特务监视。为避免给组织和同志造成损失，他一度断绝了与外界的联系（因此也失去了党的关系），闭门在家中从事翻译、写作和整理书稿。此期间他陆续完成了《法国文学史》的编写工作，翻译了《欧贞妮·葛朗代》。这是巴尔扎克长篇小说在我国出版的第一个译本，还整理出版了《平凡集》。

在国民党警特人员的监视解除后，穆木天把家搬到法租界，恢复了与外界的联系，重又活跃在左翼文化战线上。他的诗集《流亡者之歌》也于1937年7月出版。其中的诗作大多表现日寇铁蹄下东北人民深重的苦难和英勇的斗争，在叙事之中同时交响着作者本人的战斗激情，对故乡的眷恋和作为流亡者的伤痛，十分感人。

1937年8月底，穆木天一家撤离上海到当时全国的政治文化中心——武汉。穆木天一踏上大武汉这块沸腾的土地，马上就投入到抗日救亡的洪流之中。年底他被新成立的"武汉文化界抗敌协会"聘为文艺工作委员会委员，参与该会"创办抗敌言论杂志""举办战时流动演剧"等工作。1938年，穆木天积极参加了筹建中华全国文艺界抗敌协会的工作，先后担任临时和正式筹备委员会的委员。是年3月在全国文协成立后，当选为文协的常务理事，并担任该会机关刊物《抗战文艺》的编委。

1937年下半年，穆木天和冯乃超、柯仲平、高兰、锡金等人一起在武汉发动和组织起诗歌朗诵运动。此期间，他写了一系列的诗歌评论和一些呐喊式的诗歌，如《全民总动员》《民族叙事诗的时代》《武汉礼赞》等。他还和原来诗歌会的成员杜谈、宋寒衣、柳倩等以及原来就在武汉的诗人锡金、王平林、伍禾等一起组织了"时调社"，先后出版了诗刊《时调》《五月》，大力提倡朗诵诗和其他通俗的、易为广大人民群众接受的、多种形式的诗歌，还为一些老歌填上抗日内容的新词，在群众中流传。他的妻子彭慧也是这一活动的积极参加者，她当时仿民谣形式写的《农村妇女救亡曲》先后被冼星海、安波谱上曲，在解放区也得到传唱。由此可以看到他们当时的所从事的诗歌大众化的运动的影响。

当时，出版刊物的经费是大家凑的。从1934年开始穆木天就是中法文化委员会的编辑，只要他翻译出稿子就可以拿到稿费。所以，每当碰到经费缺乏的时候，穆木天就闭门谢客数日，赶着翻译文稿，以维持刊物的运转。

这个时期，穆木天和时调社的诗人、作家老舍等一起还广泛记录、收集民歌民谣，研究评书、大鼓词等我国传统的民间文艺。他创作了《卢沟桥》《八百壮士》等大鼓词（后收入《抗战大鼓词》）。为了进行理论上的总结和有助于新人的培养，穆木天还针对当时诗歌创作上存在的一些问题写了《目前新诗歌运动的开展问题》《诗歌朗诵和诗歌大众化》《我们的诗歌工作》等评论。穆木天当时还撰写了《怎样学习诗歌》一书，其中相当系统和全面地阐述了诗歌与社会生活的关系，诗歌的形态与体裁、题材与主题、创作上的艺术表现形式，以及现实主义和浪漫主义相结合等问题。他明确地表示，诗歌工作者一方面要尽力地向着诗歌的世界水准去努力；而在另一方面，是要经过诗歌大众化运动而建立起新中国的大众诗歌。然而，在当时的条件下，他更为重视的还是诗歌的大众化。

1938年6月，彭慧携子女先期去往昆明。在武汉沦陷的前夕，全国文协要求穆木天趁"赴昆明之便"，对云南分会的工作"随时参加指导"，使其组织"益臻于健全"。7月中旬，穆木天便奔赴云南，开始新的战斗。

地处祖国边陲和大后方的云南，在抗日救亡文化运动的开展上还相对落后。穆木天到昆明后，很快被选为文协云南分会的理事。在这一岗位上，他不负全国文协的委托，把在武汉组织群众开展抗日救亡宣传活动的经验带到云南，并结合云南的实际，陆续写了《对于地方文化工作的要求》《一年来的新云南文艺工作》等一系列文章，提出了一些极有见地的建议和意见，对云南抗日文化救亡活动的开展起了很好的推动作用。

1939年夏，穆木天受聘到中山大学任教，并随该校迁往在昆明南面的一座小山城澄江。1940年，中山大学开始迁往粤北的坪石，穆木天一家又随之北迁，中途在桂林停下。当时住在郊区施家园的一座已有些倾斜的小木楼上。周围是一片菜地，离穿山只有两三里，进城要踩着一溜石磴和石条穿过一条小溪。附近住着不少逃难来到桂林的文艺界的朋友。这里的山光景色、友谊亲情，曾给穆木天提供了不少诗的素材。他的《赠朝鲜战友》《给小母亲》《月夜渡湘江》《寄慧》等优美而又充满激情的诗篇，都带有桂林施家园的印记。这些诗作和抗战开始后创作的其他作品一起，集结在他的第三本诗集中，于1942年出版，书名为《新的旅途》。它记载了诗人在人生旅途上更加坚实的脚步。其中不再像《旅心》那样，对祖国未来只有朦胧虚渺的期望，也不像《流亡者之歌》那样渗透着"去国者"的悲哀，而是在"盗火者"的激情中充满了对祖国光明未来的坚定信念。在创作方法上，他也开始了现实主义和革命浪漫主义的结合。

"我就要做桥"

从日本回国以后，穆木天在写作、翻译的同时，大多时间都在学校任教。早在1930年在吉林大学任教时，他就看到了从青年中培养革命者的重要性和可行性，爱上了这一岗位。当时在《我的文艺生活》一文中他就曾写道："现在我认定我们就是一个桥梁。只要我们能把青年渡过去，做什么都要紧。翻译或者强过创作。教书匠都许是要紧的。以后我就要做桥。"皖南事变前夕，国民党统治地区的反动气焰日益嚣张，大城市里进步的言论和文章已难以发表，革命诗歌的号角更不容吹响。于是，穆木天就在1940年年底决定离开美丽的桂林，继续随中山大学北迁，到山高皇帝远的粤北教书去。在此后的几十年里，他几乎都在做"桥"———一座把青年人渡往革命一边去的"桥"，一座把外国优秀文艺作品和先进思想引渡到我国的"桥"。

穆木天为人纯朴、直率、热情、真诚，平时不善于社交，却和青年学生相处得特别好。对于青年朋友在学业或思想上存在的问题，他总是毫不留情地提出批评，同时又满怀热情地鼓励他们进步。《给耘夫》和《给小母亲》两首诗就是他专门为鼓励两位青年朋友而写的。耘夫是一位思想进步、有才华却又陷在爱情痛苦中难以自拔的青年，因此穆木天在诗中批评他说："祖国在呼唤你，为什么你不拿出力量来？民族在苦难中，为什么你总想着自己？"鼓励耘夫投身到革命斗争中去。

1940年年底到1942年在中山大学师范学院中文系任教时，在名著选读课上，他通过讲鲁迅的《风波》抨击时政；通过都德的《最后一课》宣传抗日；通过屠格涅夫的作品讲"父与子"的矛盾，讲青年人应如何与旧传统决裂，投身革命。他还向学生介绍苏联的文艺作品，宣传社会主义的优越性。那时在穆木天的家里，一般都是静悄悄的，穆木天、彭慧两人都在那里看着写着；但有时也热闹非凡，充满了青年学生的欢声笑语或热烈的讨论声。当时陆侃如是中文系系主任，系里除穆木天夫妇外，其他著名的教授还有吴世昌、冯沅君（陆侃如夫人）等。三家人经常聚在一起，高谈阔论，分析国内外形势，抨击国民党的时政，讽刺当局的某些党棍和狗腿子，商讨共同的行动……真可说是嬉笑怒骂皆成文章。1942年秋冬，中山大学闹学潮，穆木天和彭慧一起给学生出谋划策，与反动校当局斗争。学潮被镇压后，大批进步学生被开除，穆木天、彭慧也决定离开中大去桂林。

刚到桂林时，穆木天一家先在艾芜家落脚，后来就在附近的观音山下找了三间简陋的平房住下。那种房子的墙壁是用竹篱笆糊上泥巴做成的。起初穆木天和彭慧都没有固定的职业，稿费是唯一的收入来源，生活很难维持。不久，和他们同时离开中大的吴世昌到桂林师范学院任中文系主任，就聘请彭慧到桂林师院任教。老教育家林砺儒也在自己主持的桂林教育研究所给穆安排了一个"编撰"的职务。在生活基本有了保障的情况下，穆木天就专心致力于翻译。那几年的译作有巴尔扎克《人间喜剧》中的《夏贝尔上校》《从兄蓬斯》《二诗人》《巴黎烟云》，穆木天可说是我国第一个全面介绍巴尔扎克的人。此外还翻译了雨果、普希金、莱蒙托夫、马雅可夫斯基等的诗作。1944年4月，日军占领了长沙，并继续沿湘桂铁路南下，桂林危在旦夕。6月底，穆木天和彭慧一起随桂林师院撤退，去往柳州。当年秋，桂林师院在离柳州不远、融江江心的一个小岛丹洲开课，穆木天受聘在该院任教。

由于柳州沦陷，穆木天一家又随师院师生一起继续沿融江向北逃。从1944年秋至次年春，他们一直颠沛流离于广西贵州边境上的丛山之间。抗战胜利后，1946年1月，穆木天一家随桂林师院从贵州平越（今福泉）迁回桂林。在桂林，他和彭慧与欧阳予倩、林砺儒、谭丕模、石兆棠、张毕来等一起恢复文协，成立民盟组织，开展反对国民党发动内战和争取和平、民主的运动。穆木天对学生的各种进步活动都很关心和支持。他和彭慧积极帮助学生办刊物，举办解放区作家和苏俄作家作品的诗歌朗诵会，曾拿出珍藏的瞿秋白翻译的《茨冈》的手稿供学生朗读。在文协和进步群众举行的"五四"纪念会上他怒斥国民党发动内战，要求文艺作品反映人民群众苦难的现实生活。他还发表了《谢谢你，美国人》《为死难文化战士静默》《二十七年了》等抨击时政的诗篇，并在诗作中满怀激情地表达了对新中国的热烈期待。因此，他受到国民党《中央日报》的攻击，并收到特务的恐吓信。在当局日益嚣张的反动气焰下，穆木天和彭慧不得不于1947年年初离开桂林去往上海。

1947 年至 1949 年夏的两年半中，穆木天一家在上海的生活是相当艰难的。由于房价昂贵，一家四口只好在臭气熏天的横浜河旁一栋弄堂房楼下的一个前厅里住下，厅中间有一个不到房顶的木隔板，隔板后面楼梯下的一小块地方算是女儿的卧室，隔板前面就是一张大床、一个柜子、一个书架和两张并在一起的三屉桌，那是穆木天和彭慧每日伏案工作的地方。每当儿子放假从大学回到家里，晚上就在这里打地铺。就在这样的生活条件下，穆木天依然夜以继日地伏案写作、翻译，还在同济大学教课，依然支持学生们的进步活动。这个时期他写了《这个日子》《同乡》《我的损失》《佩弦的死》等诗作和散文，翻译了莱蒙托夫的《高加索》、巴尔扎克的《绝对的探求》等。

　　1949 年夏上海解放了，穆木天满怀欣喜地迎来了期待已久的祖国的黎明。同济大学为了表示对进步教授的关怀，很快就给穆木天分了两间住房，生活有了明显的改善。尽管上海是穆木天熟悉和留恋的地方，然而，当他得知东北组织来人，要求上海给予人力（高级知识分子、科学技术人员）支援时，他的心一下子就飞到了多年来魂牵梦萦的故乡。

　　1949 年秋，穆木天到长春，在东北师范大学任教。虽然他在东北师大工作的时间不到三年，但做出的成绩、留下的影响却是不小的。他在教学上的特点和事迹至今仍为当年的学生们津津乐道。为了培养青年学生，他从不惜力。习作课在大学里并不是什么重头课，而且教这门课很累，因为要改卷子。他却往往主动承担这门课程。因为他认为通过习作课不仅能够培养学生的写作能力，还可以和学生进行思想交流。他一向对这两点都看得很重。当时还没有现成的大学教材，刚从日满统治下解放出来不久的东北学子思想十分封闭。在名著选读课上，穆木天在讲授巴尔扎克、雨果、高尔基、鲁迅、郭沫若、茅盾等的作品时，他以开阔的思路，古今中外地旁征博引、纵向联系、横向比较，内容既丰富又深刻，使学生们茅塞顿开，进入了一个崭新的知识世界。在穆木天的课上大家精神振奋、思想活跃。他的风趣、幽默还经常引发出满堂的笑声。而在习作课的教学中，他则表现出一种严格到近乎尖刻的作风。他经常把学生找到家中，拿着作文卷当面批讲，从文章的构思、结构到其中的语病、标点符号的错误、字迹不清等问题，都不放过。批讲的过程中，有启发，有引导，使学生获益匪浅。与此同时他又为学生的每一点进步而满心欢喜，当看到学生的一篇好作文，他就精心地加以批改，然后设法送到报刊上去发表。他当年教过的学生后来绝大多数成为一些高等学府和研究单位的骨干力量，成为著书立说的专家、学者。他们总是满怀深情地说："如果没有穆老师当年那样的教导、那样严格的要求、那样热忱的关怀和鼓励，就不会有我们今天这样的成绩。"

1952年穆木天被调到北京师范大学。那时，新中国成立初期，百废待兴，中文系要实行新的教学计划，不仅原有的课程要改造，而且要开出一系列新的课程。外国文学和儿童文学就是全国师范院校中文系从来没有开过的。穆木天出任外国文学教研室主任，负责筹备这两门课程。为此，他放下了整理自己的诗稿和重写法国文学史的计划（后来他就没有条件进行这方面的工作了），全力以赴地投入了教学工作，夜以继日地忙着。很快他就开出新课，编出讲义，使北师大走在全国大专院校的前列。1956年，高教部制订高等师范院校教学大纲时，他出任外国文学组的组长，领导制订外国文学教学大纲。他根据师范院校中文系的特点，提出了一个文学史、作家、作品三结合，突出重点作品分析的教学体系。这个体系至今还在各个高等师范院校发挥作用。至于儿童文学，他更是从头做起，培养了一批这方面的教学骨干，并带领他们编资料，编教学大纲，初步建立起新的教学体系。

从不停息的脚步

1944年从桂林撤退到柳州时，在困境中穆木天曾作诗自勉："我永远不会悲观，我永远也不会消极，……而我要坚定地工作着，直到我死亡的日子。"1957年政治上蒙受冤屈之后，在人生的旅途上，穆木天走上了难以通行的崎岖小路。而他依旧没有悲观，没有消极，没有停止工作。作品不能发表了，不能给学生讲课了，他就通过翻译外文资料，帮助青年教师备课。从"反右"之后直到"文化大革命"开始前，他每天仍然鼻尖贴着书本和稿纸伏在书案前，不断地看着，写着……数年里，他从俄文或其他外文译成中文的资料相当可观。至今仍保存在北师大的那一大摞文稿，就是他从不消极，从不停息，终生为"桥"的一个见证！

"文革"中，穆木天遭到"四人帮"的迫害，1967年秋，被关了"牛棚"。1970年他被放出"牛棚"时，彭慧已在"四人帮"的迫害下离开了人世，女儿远在河南干校。北师大给了他一个房间，他一个人住着，被抄走的衣物部分还给了他。曾有学生看见他穿着一件棉袄，腰上系了根绳子，想来是原来穿在棉袄里的毛背心和棉背心找不着了，他就采取了这个办法。还有学生曾看见他穿着皮大衣，戴着皮帽子坐在阴面的房间里，就问他是不是感到冷，他笑着连连地说："不冷，不冷，比志愿军在朝鲜前线强多了！"天气好的时候，他还像过去一样喜欢去逛书店，甚至指出某名著译本中的某处错误。

1971年10月的一天，穆木天因病倒在了自己房间的地上，几天后才被发现。"文革"后，穆木天的冤案得到了昭雪，装着他的遗物的骨灰盒安放在八宝山革命公墓。20世纪80年代以来，《穆木天诗文集》《穆木天诗选》《穆木天研究论文集》《穆木天文学评论选集》《旅心》《平凡集》等，陆续出版或再版；还有一些作品被收入《中国新文学大系》《中国新文艺大系》《中国新诗鉴赏词典》《中华散文百年精华》等文集之中。

1990年举行了穆木天诞生90周年纪念会、穆木天学术讨论会。2000年为纪念他的百年诞辰，北师大举行了穆木天学术思想讨论会，一些报刊发表了纪念文章。一些专家、学者高度评价了穆木天在诗歌创作上和诗歌理论以及在外国文学翻译、研究和教学等方面做出的不可磨灭的贡献。在纪念穆木天90诞辰的时候，冯至曾写道："他留给我的印象是'大人者，不失其赤子之心者也'，也就是说，他始终保持着纯朴的童心，这童心贯彻在他一生的工作里。"98岁高龄的民俗学创始人钟敬文为纪念木天老友的百年诞辰写了一副对联："讲席共危时苦意应余教泽，诗歌为大众热情犹见遗篇。"

穆木天正是由于怀着对祖国、对人民的一颗赤子之心，在人生的旅途上，他从不曾停步。无论在诗歌创作、诗歌理论和外国文学的研究中，还是在教学中，他总是极其认真、满怀热情地对待每一项工作，总在不断地思考、研究、探索……从不停息。

穆木天先生的思想、学识、作风将永远影响着后学者。

参考文献

[1] 陈惇，刘象愚编选．穆木天文学评论选集 [M]．北京：北京师范大学出版社，2000．

[2] 全国首届穆木天学术讨论会，吉林师范学院学报编辑部编．穆木天研究论文集 [C]．长春：时代文艺出版社，1990．